로크미디어가
유혹하는
재미있는 세상
ROK
MEDIA
로크미디어

Taming Master

테이밍 마스터

테이밍 마스터 3

2016년 5월 4일 초판 1쇄 인쇄
2016년 5월 10일 초판 1쇄 발행

지은이 박태석
발행인 이종주

기획 팀 이기헌 송윤성
책임 편집 최이슬

발행처 (주)로크미디어
출판등록 2003년 3월 24일
주소 서울시 마포구 성암로 330 DMC첨단산업센터 3층 314호
Tel (02)3273-5135 Fax (02)3273-5134
홈페이지 rokmedia.com E-mail rokmedia@empas.com

ⓒ 박태석, 2016

값 8,000원

ISBN 979-11-5960-085-2 (3권)
ISBN 979-11-5960-986-2 04810 (세트)

Taming Master

3

|박태석 게임 판타지 장편소설|

테이밍 마스터

CONTENTS

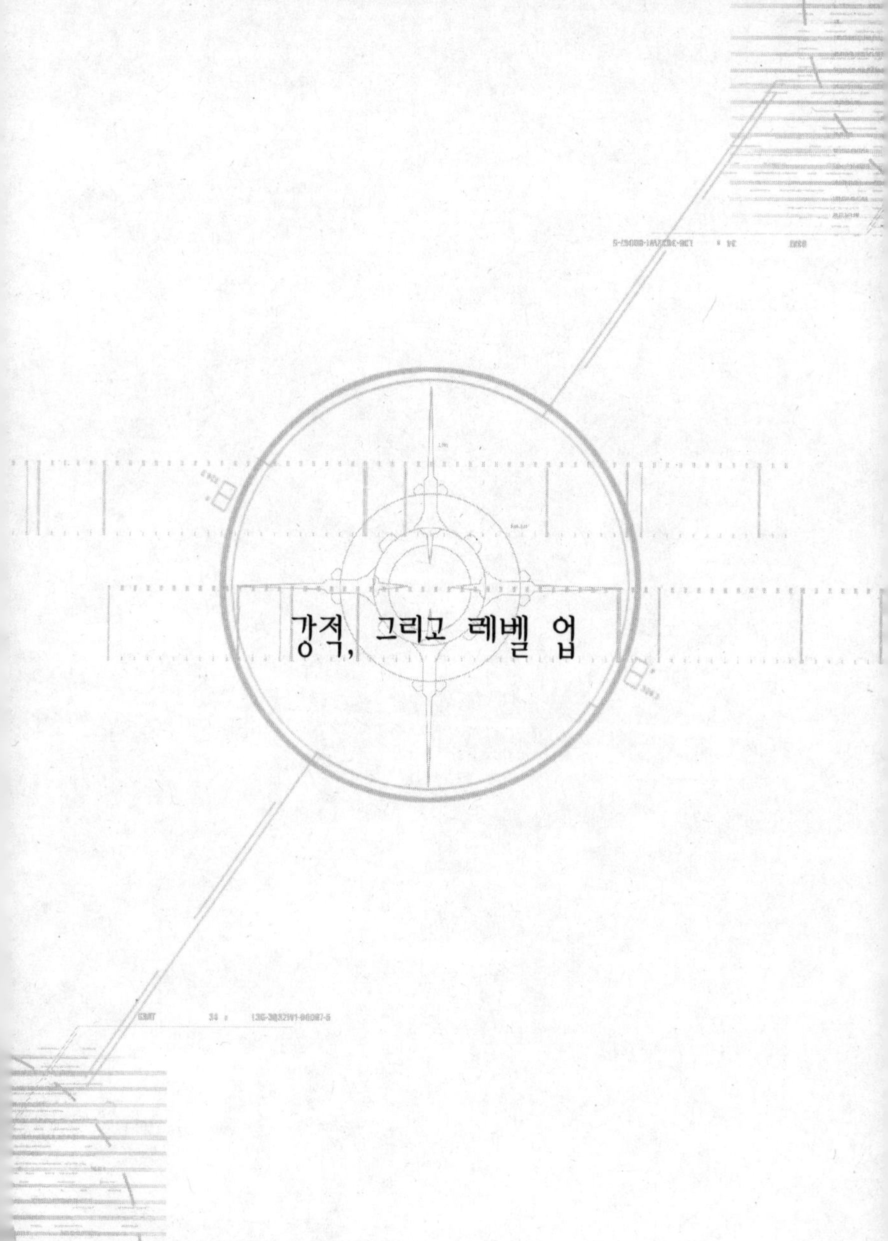
강적, 그리고 레벨 업

Taming
Master

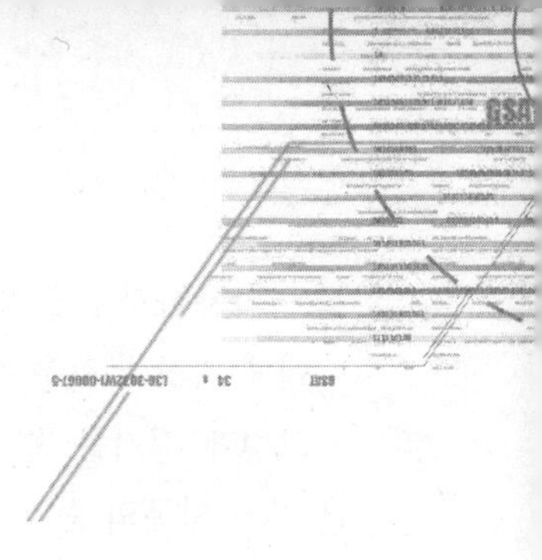

　흑마법사 '간지훈이'를 상대로 이겨 결승에 진출한 이안은, 예상했던 상대와 마주하게 되었다.

　'역시, 이 유저가 결승까지 올라왔군.'

　예선 첫 번째 라운드부터 발군의 전투력을 보여 줬던 암살자 유저 림롱이었다.

　이안은 긴장했다.

　'이번엔 정말 힘들 수도 있어.'

　이번 투기장 경기가 진행되는 동안, 이안은 자신의 경기가 없을 때면 꼭 림롱의 경기를 찾아가서 관전했다.

　하지만 관전하면 할수록 이안은 감탄할 수밖에 없었다.

　'여기까지 올라오면서 암살자의 기본 스킬 외에는 아무 스

킬도 사용하지 않았어.'

이게 가장 무서운 점이었다.

그렇게 경기를 쫓아다니면서 다 봤는데도 불구하고 이안은 아직 림롱의 숨겨진 패를 하나도 알지 못했다.

이안이 알게 된 것은 림롱의 컨트롤 능력이 엄청나다는 것뿐이었다.

반면에 이안은 바로 전 경기인 훈이와의 경기에서 모든 밑천을 다 드러낸 상태였다.

"이안 님이시군요. 8강 경기 하실 때 인상 깊게 봤습니다."

림롱이 먼저 이안에게 다가와 악수를 청했다.

그리고 이안은 고개를 끄덕이며 손을 마주 잡았다.

"반갑습니다. 저도 림롱 님 경기 잘 봤습니다. 잘 부탁드립니다."

루키 리그의 우승자를 결정짓는 결승전이었다.

경기는 제국 투기장 한가운데 있는 가장 큰 중앙 경기장에서 치러졌으며, 수많은 인파가 두 사람의 대결을 보기 위해 경기장을 찾았다.

카일란이 서비스를 시작한 후, 투기장의 루키 리그에 역대급으로 많은 관중들이 몰려 있었다.

그리고 사람들의 기대 속에서 경기의 시작을 알리는 시스템 메시지가 울려 퍼졌다.

-잠시 후, 루키 리그의 마지막 경기인 '림롱' 유저와 '이안' 유저의 결

승전이 시작됩니다.

여기저기서 환호성이 들려왔다.

"와아아!"

"아무나 이겨라!"

"림롱 님, 팬이에요!"

"이안 님, 소환술사의 저력을 보여 줘요!"

이번 투기장 루키 리그에서 가장 발군의 실력을 보여 준 두 유저의 매치였으니, 관중들의 기대는 극에 달했다.

이안은 소환수들을 소환한 뒤 림롱의 모습을 살폈다.

지금까지 모든 경기에서와 마찬가지로 한 점 동요 없는 무표정한 얼굴이었다.

질끈 동여맨 두건 사이로 보이는 눈동자가 무척이나 날카로워 보였다.

'소환술사는 아무리 생각해도 암살자 클래스와 상성이 너무 안 좋아. 특히 테이밍과 소환수를 키우는 데 특화된 테이밍 마스터 히든 클래스의 경우에는 더욱……'

림롱의 투명화 스킬에 대처할 수 있는 방법은 감각을 극대화해 반사 신경으로 첫 공격의 피해를 어떻게든 최소화시키는 것이었다.

그리고 다음 투명화 재사용 대기 시간이 돌아오기 전까지 가능한 한 승부를 봐야만 했다.

－5초 후, 경기가 시작됩니다.

-5, 4, 3, 2, 1, 시작!

경기가 시작되었고, 이안은 잔뜩 긴장한 상태로 림롱을 주시했다.

그런데 시작하자마자 투명화 스킬을 시전할 것이라 생각했던 림롱이 스킬을 사용하지 않고 느릿느릿한 걸음으로 이안을 향해 다가오고 있었다.

'뭐지? 최대한 투명화 스킬을 아끼는 건가?'

암살자의 생명줄이나 다름없는 스킬인 '투명화' 기술은 1:1 PvP에서만큼은 최상급의 스킬로 평가받고 있었다.

일격필살을 노리기에 최적화되어 있는 은신 기술이지만, 단점이 없는 것은 아니었다.

그것은 바로 재사용 대기 시간이 10분이나 된다는 점.

고레벨로 올라가면 투명화 스킬의 상위 등급 스킬이 나올지도 모르는 일이었고, 그때는 재사용 대기 시간이 많이 줄어들지도 모른다.

하지만 아직까지 고위 등급의 스킬을 배울 만한 암살자 클래스의 유저가 존재하지 않았기 때문에 알 수 없는 부분이었다.

'하긴, 나였어도 투명화 스킬은 가장 위험한 순간에 쓰겠어. 처음부터 투명화 스킬을 썼다가 암살하는 데 실패하면 리스크가 무척 클 테니까.'

지금까지 림롱이 모든 경기에서 경기가 시작되자마자 투

명화 스킬을 사용했기 때문에, 이번에도 그럴 것이라 자연스레 짐작했던 것이었다.

'지금까지는 좀 쉬운 상대라 생각해서 그렇게 싸워 왔던 것이고…… 나는 그래도 좀 맞수로 인정해 준다는 소린가.'

이안이 이런저런 생각을 하는 사이, 두 유저의 거리는 점점 좁아졌다.

그리고 먼저 시동을 건 쪽은 림롱이었다.

타탓-!

림롱이 허공으로 도약하자, 이안은 그의 움직임에 모든 정신을 집중했다.

그리고 림롱의 신형이 떡대의 근처까지 다다르자, 이안은 재빨리 명령을 내렸다.

"떡대, 아이스 웨이브!"

일단 몸놀림이 이안에 비해 월등히 빠른 암살자의 발을 묶어 놓는 것이 우선이었다.

워낙 움직임이 빠르다 보니 전류 증식을 맞히기도 너무 어려웠다.

일단 떡대의 광역 둔화 기술을 쓰는 게 먼저였다.

쿵-!

떡대가 발을 구름과 동시에 사방으로 아이스 웨이브가 퍼져 나갔다.

그런데 그때…….

“그림자 이동술!”

펑!

허공에 떠 있던 림롱의 신형이 순간적으로 사라졌다.

‘뭐, 뭐야?’

이안은 당황했다.

투명화 스킬이 아니라는 건 알 수 있었다.

투명화 스킬을 사용한 것이라면 그림자조차 남아 있지 않아야 하는데, 바닥에 깔린 그림자는 그대로였던 것이다.

그리고 잠시 후, 놀랍게도 바닥의 그림자에서 사라진 림롱이 튀어나왔다.

“허억-!”

이안은 헛바람을 집어삼켰다.

‘아이스 웨이브를 피했어?’

아이스 웨이브는 광역 스킬이었다.

범위 안에 있는 이상 절대로 피할 수 없는 스킬인 것이다.

그런데 림롱은 태양의 각도로 인해 경기장의 먼 곳에 드리워진 그림자로 순간적으로 이동하면서 아이스 웨이브를 피해 버린 것이었다.

그리고 이안은 깨달았다.

‘그림자! 그림자와 관련된 히든 클래스인 거야!’

암살자의 기본 스킬 중에 저런 것이 있다는 소리는 들어 본 적이 없었다.

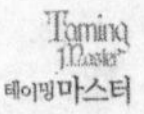

예상하긴 했었지만, 림롱은 히든 클래스가 확실했다.

이안이 놀라는 동안, 림롱은 다시 그에게로 빠르게 접근하고 있었다.

"라이, 광폭화!"

크르릉-!

그리고 라이는 기다렸다는 듯, 다가서는 림롱을 향해 마주 덤볐다.

이안은 전류 증식 스킬을 사용하여 양손에 전류의 구체를 만든 뒤 림롱의 움직임에 안력을 집중했다.

라이의 공격을 피하다 보면 림롱이 움직일 경로를 어느 정도 예측할 수 있을 것이었고, 그 방향을 향해 전류 구체를 던질 생각이었다.

맞히진 못하더라도 최대한 림롱의 움직임을 봉쇄하면, 라이가 물어뜯을 수 있는 상황이 나올 것이다.

그리고 라이와 림롱이 맞부딪치는 순간, 다시 림롱의 신형이 바닥으로 꺼지듯 사라졌다.

'또 그림자 이동술인가?'

이안은 눈살을 살짝 찌푸렸다.

변수가 많은 상대야말로 상대하기 정말 까다로운 적이었다.

그리고 바닥의 그림자로 이동한 림롱이 도약하여 허공으로 튀어 오르자, 이안은 그 방향을 향해 전류 구체를 던졌다.

'그림자 이동의 재사용 대기 시간이 또 돌아오지는 않았

겠지.’

그림자 이동술만 아니라면, 이번 공격은 피할 수 없을 것이었다.

아무리 림롱의 민첩성이 뛰어나다고 하더라도 허공에서 방향을 바꾸는 건 불가능한 일이었으니까.

그런데 그때, 림롱이 허공을 향해 손을 뻗었다.

촤라락-!

그리고 그의 손에서 일곱 자루의 비도가 허공을 향해 뿌려졌다.

‘이건 또 뭐야?’

이안은 당황했다. 비도를 자신이나 라이를 향해 던진 것이 아니라 말 그대로 허공으로 뿌렸기 때문이다.

정확히 말하면 이안 자신의 머리 위로 뿌린 것이었다.

‘허공에서 떨어지는 비도를 내가 맞아 줄 것이라고 생각한 건가?’

이안은 재빨리 비도가 떨어지지 않을 위치로 몸을 날렸다.

아니, 날리려고 했다.

그런데…….

“허억!”

그의 바로 앞에 비도의 그림자가 마치 살아 움직이듯 이안을 향해 날아왔다.

도저히 피할 수 없는 상황이었다.

쾅-!

-'림롱' 유저의 '그림자 비도술'에 적중당해 치명적인 피해를 입었습니다.

-4,560의 피해를 입었습니다.

그림자 비도술에 당한 이안의 등줄기를 타고 식은땀이 흘러내렸다.

'무슨 공격력이 이따위야?'

정말이지 무지막지한 공격력이었다. 게다가 움직임이 묶인 탓에, 허공에서 떨어져 내리는 비도들도 온전히 피해 내지 못했다.

-1,075의 피해를 입었습니다.

- 954의 피해를 입었습니다.

추가 피해까지 합하자 7천에 육박하는 무지막지한 대미지가 들어왔다.

'단 한 수에 이 정도까지 피해를 입다니…….'

그래도 온전히 당한 것만은 아니었다.

-소환수 '라이'가 '림롱'에게 피해를 입혔습니다

-'림롱' 유저의 생명력이 1,795 감소합니다.

-'전류 증식' 스킬이 명중했습니다.

-'림롱' 유저의 생명력이 1,085 감소합니다.

-'림롱' 유저가 '마비' 상태에 빠졌습니다. 움직임이 30% 느려집니다.

아쉬운 점이라면 그림자 비도술 때문에 당황하여 약점 포착 스킬을 사용하지 못했더니, 라이의 공격에 치명타가 발동되지 않은 부분이었다.

'그래도 마비가 발동된 건 정말 다행이야…!'

이안은 전류 증식을 다시 발동시켜 양손에 전류의 구체를 생성하였다.

그리고 자신을 향해 달려드는 림롱을 향해 마주 몸을 날렸다.

'정면 승부다. 아직 생명력이 40% 정도는 남아 있으니 나를 미끼로 라이의 공격을 제대로 성공시키면 돼.'

신출귀몰한 림롱에게 제대로 된 피해를 입히려면 어느 정도 피해를 감수하는 수밖에 없었다.

마비가 걸려 움직임이 느려진 것도 좋은 기회였다.

'암살자의 생명력은 거의 흑마법사 수준으로 낮은 편이니까.'

이안은 살을 주고 뼈를 취할 생각이었다.

그런데 그 순간, 이안의 앞에서 달려오던 림롱의 신형이 또 한 번 사라졌다.

'뭐지? 이번엔 이동할 그림자가 없을 텐데?'

이안의 동공이 크게 확대되었다.

이번에는 림롱이 바닥에 붙어서 달리고 있었기 때문에 그림자 이동술을 쓸 수 없을 것이라 생각했다.

'투명화 마법인가?'

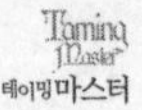

그렇다기엔 그림자가 그대로 남아 있었다.

'어디냐?'

이안은 움직임을 멈췄다.

순간 이안의 머릿속을 스쳐 가는 것이 있었다.

'혹시 내 그림자?'

이안은 자신의 직감을 믿었다.

그렇다면 이렇게 머뭇거릴 시간이 없었다.

이안은 그대로 자신의 뒤쪽으로 전류 증식 스킬을 발동시켰다.

–'전류 증식' 스킬이 명중했습니다.

–'림롱' 유저의 생명력이 1,217 감소합니다.

–'림롱' 유저가 '마비' 상태에 빠졌습니다. 움직임이 30% 느려집니다.

직감은 성확했다.

이안의 그림자를 타고 이동하던 림롱이 전류 증식의 스킬에 정확히 명중당한 것이다.

촤라락–!

그러나 림롱은 이미 이안의 지척에 다가와 있었고, 그 또한 침착하게 공격을 이어 나갔다.

하지만 이안의 뒤에는 림롱이 생각지 못한 변수가 매달려 있었다.

–소환수 '뿍뿍이'가 치명적인 피해를 입었습니다.

–'뿍뿍이'의 생명력이 27 감소합니다.

“헙!”

처음으로 림롱의 얼굴에 당황한 표정이 어렸다.

하지만 그는 침착하게 추가 공격을 성공시켰다.

-치명적인 피해를 입었습니다.

-1,740의 생명력이 감소합니다.

-1,577의 생명력이 감소합니다.

이어진 림롱의 단검 공격이 교묘하게 뿍뿍이를 피해 이안에게 파고든 것이다.

-‘출혈’ 상태에 빠졌습니다. 매 초당 315의 피해를 추가로 입습니다.

“젠장!”

뿍뿍이가 공격을 막아 주자 한시름 놓았던 이안은 악착같이 추가 공격을 성공시키는 림롱의 모습을 보며 자세를 다잡았다.

‘스킬 활용 능력이 보통이 아니야.’

출혈을 동반한 두 번의 치명타 피해로 인해 이안의 생명력은 바닥이 났다.

“응급처치!”

이안은 다급히 응급처치 스킬을 발동시켰다.

하지만 계속해서 들어오는 ‘출혈’로 인한 추가 피해를 겨우 회복하는 수준이었다.

-‘출혈’ 상태로 인해 생명력이 315만큼 감소합니다.

-‘응급처치’ 스킬로 인해 생명을 843만큼 회복합니다.

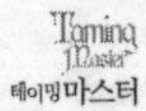

치명적인 공격을 성공시킨 림롱은 어느새 이안에게서 멀찍이 떨어져 그의 움직임을 주시하고 있었다.

"젠장……."

찰나의 공수 교환으로 생명력을 너무 많이 잃었다.

상대의 숨겨 둔 패를 많이 확인하긴 했지만, 경기를 뒤집기에는 너무 차이가 많이 벌어져 버렸다.

'그래도 벌써 포기할 순 없지.'

'간지훈이'와의 전투 때에도 수세에 몰렸던 이안이었지만, 기지를 활용해 승패를 뒤집지 않았던가.

이안은 다시 호흡을 가다듬었다.

그리고 그때.

타탓-.

이안이 출혈 피해만으로 사망하지 않자, 마침표를 찍겠다는 듯 림롱이 다시 움직이기 시작했다.

'자, 이제 뭘 보여 줄 거냐.'

단 한 방만 허용하면 경기는 끝이 난다.

'이제 상대도 히든 스킬이 남아 있지는 않을 거야.'

50레벨 정도에 보유할 수 있는 히든 스킬에는 한계가 있었다.

이제 변수는 없었다.

이안은 집중력을 더욱 끌어 올렸다.

'기회는 딱 한 번이야, 라이의 치명타 한 방이면 뒤집을 수

도 있어!’

두 사람의 신형이 점점 가까워졌다.

그리고 두 사람은 동시에 서로를 향해 뛰어 올랐다.

림롱의 날카로운 단검이 이안의 코앞까지 다가왔다.

그 찰나.

이안의 최후의 한 수가 발동했다.

“공간왜곡!”

이안은 자신의 몸을 최대한 림롱의 지근거리까지 접근시킨 후, 그것을 미끼로 라이의 치명타 공격을 성공시키려던 것이다.

크르릉–!

그리고 이안과 위치가 바뀐 라이가 림롱의 공격을 대신 받으며 그의 어깨를 물어뜯었다.

–소환수 ‘라이’가 ‘림롱’에게 치명적인 피해를 입혔습니다.

–‘림롱’ 유저의 생명력이 3,150 감소합니다.

라이의 공격이 성공하는 것을 보며, 이안은 속으로 쾌재를 불렀다.

‘좋아!’

–림롱 유저가 ‘출혈’ 상태에 빠졌습니다. 매 초당 630의 피해를 추가로 입습니다.

림롱의 이름이 빠르게 점멸하기 시작했다.

그것을 보며 이안은 생각했다.

그림자를 봤을 때부터 어느 정도 상대의 스킬을 예상하긴 했지만, 그래도 처음 보는 스킬에 너무 큰 피해를 입어서 불리한 상황이었다.

하지만 시간을 끌면서 라이의 출혈 대미지를 전부 넣는다면 상대도 생명력이 거의 남지 않으리라.

이제 아까처럼 그림자를 타고 직접적으로 거리를 좁히는 공격은 대처할 자신 있으니 남은 것은 어떻게든 거리를 주지 않는 것이었다.

림롱도 그것을 알고 있다는 듯 그림자 이동술 대신, 들고 있던 쌍수비도를 날렸다.

채챙─!

그리고 미리 대비하고 있던 이안은 빠르게 몸을 회전시켜 그것들을 쳐 내어 버렸다.

'이, 끈질긴 놈!'

앞으로 몇 초만 더 버티면서 출혈 대미지를 다 넣는다면 마지막 한 수에 승부가 갈릴 것 이었다.

그야말로 손에 땀을 쥐는 상황이 계속되었다.

이안은 이를 악물고 정신을 집중했다.

그런데 그때, 림롱의 그림자 비도술이 다시 발동했다.

"그림자 비도술!"

튕겨 나간 림롱의 비도가 바닥에 짙은 음영을 드리웠다.

그리고 그것들이 방향을 바꾸면서 다시 쏘아졌다.

쐐애액-!

그것들은 시간 차를 두면서 양쪽 방향에서 이안을 향해 쇄도했다.

챙-!

이안은 두 개의 비도 중 하나를 피해 내면서 전류 증식을 날렸다. 반대쪽에서 다가오는 비도는 뿍뿍이를 사용해서 막아 낼 생각이었다.

라이와 떡대도 림롱을 향해 달려들었다.

그 찰나의 순간, 살짝 떨리던 비도가 갑자기 검은 빛을 뿜어내며 이안의 그림자 속으로 이동했다.

퍽-.

-'림롱' 유저의 '그림자 비도술'에 적중당했습니다.

-1,375의 피해를 입었습니다.

떠오르는 시스템 메시지.

'하…….'

이안은 경기가 끝났음을 직감했다.

그리고 이안이 쓴웃음을 지음과 동시에 림롱의 승리를 알리는 시스템 메시지가 울려 퍼졌다.

-이안 유저의 생명력이 5% 이하가 되어 경기장에서 아웃됩니다.

-림롱 유저가 경기에서 승리합니다.

그리고 이안은 경기장에서 아웃되면서 고개를 살짝 떨구었다.

'아…… 내가 1초만 더 빨랐다면 아니, 초반에 그렇게 불리하게 시작하지 않았더라면.'

적의 대단함은 충분히 인정했지만, 아쉬운 건 아쉬운 거였다.

'처음에 너무 공격적으로 움직였어.'

경기 초반에 방어적으로 플레이하며 림롱이 숨겨 놓은 패들을 다 꺼내 놓게 했어야 했다는 생각에 이안은 자책했다.

물론 반격에도 성공하긴 했지만, 한 번에 폭발적인 대미지를 뽑아내는 암살자의 클래스 특성 때문에 중반에 입은 피해가 너무 컸다.

"휴우."

이안의 입에서 아쉬움 섞인 한숨이 다시 흘러나왔다.

YTBC 방송국의 기획 팀은 난리가 났다.

YTBC의 상담실 전화가 불이 나듯 울려 댔기 때문이었다.

그리고 그 대부분은 시청자들의 항의 전화였다.

-대체 루키 리그 결승, 준결승 영상 언제 방송하는 거예요?

-아니, 경기가 끝난 지 벌써 하루가 지났는데 아직도 경기 영상 송출이 안 되는 게 말이 됩니까?

결국 방송국 내의 모든 화살은 기획 팀을 향해 돌아갔다.

"이 팀장, 이거 도대체 왜 이런 거야? 매달 루키 리그 인지도는 별거 없었잖아?"

박문성 국장의 노기 섞인 물음에 기획 팀의 팀장인 이한성은 난처한 표정이 되었다.

그가 자신에게 화를 내는 이유를 알고 있었기 때문이었다.

'나라고 루키 리그 경기들이 대박 날 걸 알았나?'

이한성은 이번 투기장이 열릴 때, 여느 때와 마찬가지로 모든 특수효과 팀과 영상 편집 팀의 인원을 메이저급 리그의 주요 경기 영상 편집에 투입했었다.

그런데 투기장이 종료되자마자 시청자들이 '왜 루키 리그의 경기는 방송되지 않느냐'며 항의하는 전화가 쇄도했다.

유저들의 개인 영상이 커뮤니티에 올라오기는 했지만, 방송국에서 수정 구슬로 찍은 영상만 한 퀄리티가 나오지 않았고, 무엇보다 해설을 원하는 유저들이 많았기 때문이었다.

상황이 이렇게 되자, YTBC 기획 팀에서는 부랴부랴 인원을 돌려 결승과 준결승의 영상 편집 작업을 시작했다.

하지만 늦어지는 것은 어쩔 수 없었다.

"그게…… 아마 신규 직업의 유저들 때문인 것 같습니다, 국장님."

영상의 화려함이나 다이내믹함은 당연히 최고 레벨대의 유저들이 대결을 벌이는 메이저급의 경기들이 더 뛰어났다.

하지만 메이저급 리그에 등장하는 유저들은 대부분 너무

도 잘 알려진 유명 유저들이었다.

게다가 루키 리그보다 참가 인원이 열 배 이상 많은 메이저급 리그는 이제야 예선전이 끝난 상태였기 때문에 주요 경기라 해 봤자 아직 64강전의 영상도 없는 상태였다.

이런 상황에서 뻔한 양상을 보여 주는 메이저급 리그의 예선전 보다는, 신규 직업들이 놀라울 정도로 선전한 루키 리그의 결승전이 유저들의 관심을 더 불러 모은 것이었다.

"아오, 그걸 지금 말이라고!"

박문성은 노발대발하며 이한성에게 소리쳤다.

"지금 당장 모든 인력 투입해서 최대한 빨리 루키 리그 영상들 송출할 준비해! 64강 경기부터 모조리 다!"

"저, 전부 다요? 메이저급 리그 영상 편집 중이던 인원까지 다 말입니까?"

국장은 답답해 죽겠다는 표정으로 다그쳤다.

"그래, 인마!"

그리고 이한성은 풀 죽은 목소리로 대답했다.

"예, 국장님."

박문성의 말이 이어졌다.

"타사 채널보다 늦게 방송되는 날엔 사표 쓸 줄 알아!"

쾅-!

박문성은 회의실의 문을 거칠게 닫으며 나갔고, 남겨진 이한성은 한숨을 푹푹 쉬었다.

“아오, 이놈의 지랄 맞은 회사! 사표라도 쓰든가 해야지.”

한성은 씩씩거리면서도 기획 팀에 지시를 내리기 위해 서둘러 회의실을 빠져나갔다.

투기장 루키 리그의 모든 일정이 끝나고, 보상까지 받은 이안은 재빨리 귀환석을 이용해 투기장을 벗어나 버렸다.

귀찮게 하는 사람들로 인해 시간을 뺏기고 싶지 않았기 때문이었다.

‘분명 여기저기 길드들에서 영입 제안도 올 거고, 내 히든 클래스에 대해 궁금해하는 유저들도 많을 테지.’

그리고 또 다른 이유는 너무 어처구니없이 쉽게 져 버린 자신에 대한 자기반성을 하기 위함이었다.

‘후, 상대 페이스에 너무 말려들었어.’

분명 림롱은 강했다.

암살자와 소환술사가 상성이 좋지 않다는 점, 이안이 전혀 알지 못했던 히든 클래스 스킬들에 대처가 되지 않았다는 점을 감안하더라도 확실히 대단한 상대였다.

그림자를 기반으로 하는 스킬들을 사용하는 히든 클래스도 이안의 것에 비해 등급이 떨어지지 않는 하이 티어의 클래스로 느껴졌다.

‘하지만 그렇다 해도 이렇게 쉽게 질 건 아니었어. 상대를 잘 알지도 못하면서 맞공격을 할 게 아니라 좀 시간을 끌면서 공격 패턴을 익혔어야 했는데…….’

어떻게 보면 이안은 자신이 히메네스를 상대로 썼던 속공 형태의 몰아치는 방식에 역으로 당한 것이었다.

림롱의 공격 패턴과 스타일에 익숙해질 시간조차 벌지 못한 채로.

‘지금까지 소환수들에 너무 의존적이었구나.’

이안의 전투 방식은 사실 소환술사로서 지극히 당연한 것이었다.

게다가 일반 소환술사보다 테이밍에 더 특화된 ‘테이밍 마스터’ 클래스였으니 소환수에 대한 의존도가 더 클 수밖에 없는 것이다.

이는 PvEPlayer vs Environment 전투에서는 큰 강점을 갖지만, PvP 전투에서는 치명적인 약점으로 작용할 수밖에 없었다.

“크흠…….”

우승을 하지 못한 것은 아쉬웠지만, 이안은 금방 털어 내었다.

궁상맞게 패배를 속에 담아 두는 것은 이안의 스타일이 아니었다.

‘다음에 이기면 되지, 뭐.’

이안은 더욱 투지를 불태웠다.

　며칠을 기다려 가며 루키 리그를 준비한 시간들은 아쉬웠지만, 고레벨이 될수록 더 중요한 새로운 리그들이 있었다.

　"아이템이나 까러 가 볼까?"

　아쉬운 마음을 정리한 이안은 준우승 보상을 확인하기 위해 인벤토리를 열었다. 이안이 보상으로 받은 것은 두 가지였다.

　총 8만의 명성과 50레벨 수준의 소환술사 전용 영웅 등급의 장비 상자.

　준우승으로 받은 장비 상자에서는 영웅 등급의 장신구 하나와 무기 하나가 랜덤으로 나온다고 알려져 있었다.

　인적이 드문 곳으로 간 이안은 장비 상자를 인벤토리에서 꺼내었다.

　"이런 거 오픈할 때가 제일 설렌단 말이지."

　이런 랜덤 보상을 확인할 때의 설렘은 우승을 못 한 것에 대한 아쉬움은 아쉬움과는 별개였다.

　"뭐부터 까 볼까? 무기 상자? 아니면 장신구 상자?"

　행복한 고민을 하던 이안은 먼저 장신구 상자를 오픈해 보기로 결정했다.

　혼돈의 던전에서 얻은 머리 장식을 제외하고 모든 장비를 다 바꿀 때가 되기는 했지만, 가장 바꾸고 싶었던 부위가 장신구였기 때문이다.

　이안은 장신구 상자에 손을 가져다 대었다.

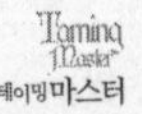

"오픈!"

그러자 푸른빛이 뻗어 나오면서 상자가 활짝 열렸다.

그리고 이안의 눈앞에 시스템 메시지가 떠올랐다.

-'빛나는 소환술사의 투지' 아이템을 획득하셨습니다.

그리고 획득한 아이템의 정보가 나타났다.

빛나는 소환술사의 투지

분류 : 반지　　　　　　　　　　**등급 : 영웅**

착용 제한 : Lv.50 이상　　　　　**내구도 : 255/255**

옵션 : 소환 마력 +100

　　　　정령 마력 +30

　　　　친화력 +50

　　　　통솔력 +15%

*착용 시 초당 1의 정령 마력을 추가로 회복한다.

*친밀도와 충성심이 최대치인 소환수에 한해 모든 능력치를 5% 상승시킨다.

*유저 '이안' 에게 귀속된 아이템이다.

다른 유저에게 양도하거나 팔 수 없으며 캐릭터가 죽더라도 드롭되지 않는다.

투기장에서 높은 성적을 거둔 소환술사에게 수여된 고급스러운 반지이다.

"오, 괜찮은데?"

아이템의 정보창을 확인한 이안은 흡족한 미소를 지으며 고개를 끄덕였다.

옵션으로 상승하는 능력치들도 무척이나 준수한 수준이었

지만, 특히나 마음에 드는 부분은 고유 옵션으로 붙어 있는 정령 마력 회복이었다.

"안 그래도 전류 증식 쓸 때 정령 마력이 부족한 것이 많았는데 잘됐네."

50레벨 제한이 걸려 있는 아이템이라 그런지, 50레벨에 얻을 수 있는 직업 특수 능력치가 딱 붙어 있었다.

"그런데 이건 왜 쓸데없이 계정 귀속이 붙어 있는 거야?"

하지만 이번에 얻은 반지에 붙어 있는 계정 귀속 옵션은 썩 마음에 들지 않았다.

이 반지는 머리 장식과는 달리 계속해서 쭉 쓸 만한 수준의 아이템은 아니었기 때문이다.

레벨이 올라 더 좋은 반지를 얻으면 경매장에 팔아야 했는데, 계정 귀속 아이템은 팔 수 없으니 아쉬운 것이다.

이 정도 아이템이면 나중에 팔더라도 높은 값을 받아 챙길 수 있었을지도 모른다.

"그럼 이번엔 무기 상자를 열어 볼까?"

지금 이안이 착용하고 있는 너클인 '고대 소환술사의 강철 너클'은 50레벨이 된 지금도 무척이나 쓸 만한 무기였다.

특히 '감응'이라는 고유 능력 때문에 어지간히 좋은 무기를 새로 얻지 않는 한 교체할 생각이 없었다.

"오픈!"

그리고 방금 전과 마찬가지로 푸른빛이 뻗어 나오면서 상

자가 활짝 열렸다.

-'빛나는 소환술사의 장궁' 아이템을 획득하셨습니다.

"오! 활! 활이다!"

일단 활이 나왔다는 것에 무척이나 신난 이안은 장비의 정보를 읽어 내려가기 시작했다.

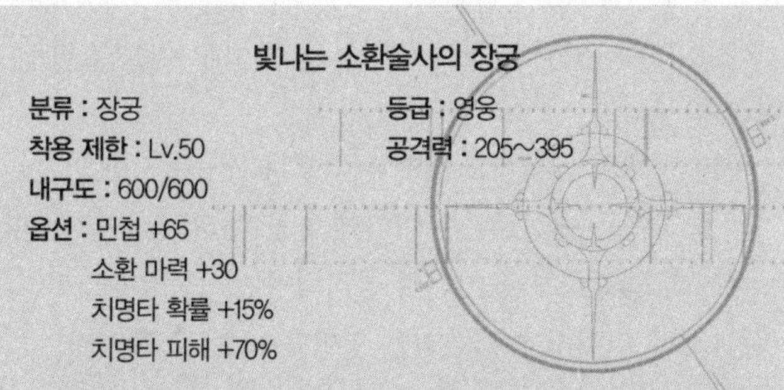

*소환된 모든 소환수의 민첩성이 20%, 공격력이 30% 증가한다.
*적에게 치명적인 피해를 입힐 시, 3의 정령 마력을 회복하며 적에게 '빛나는 표식'을 남긴다.
표식은 5초간 유지되며, 표식이 사라지기 전 적을 다시 명중시키면 모든 스킬의 재사용 대기 시간이 5초 줄어든다.
*유저 '이안'에게 귀속된 아이템이다.
다른 유저에게 양도하거나 팔 수 없으며 캐릭터가 죽더라도 드롭되지 않는다.
투기장에서 높은 성적을 거둔 소환술사에게 수여된 고급스러운 장궁이다.

"헐……."

아이템 정보를 다 읽은 이안은 고민에 빠졌다.

생각보다 좋은 아이템이 나와 버렸기 때문이다.

'무기를 바꾸게 되면 일단 감응 능력은 쓸 수가 없게 되네.'

감응 능력 이외에도 너클에 붙어 있던 모든 소환수들의 치명 피해량 증가와 통솔력 옵션이 사라진다.

하지만 활에 붙어 있는 옵션도 만만치 않게 쓸 만했기 때문에 판단이 잘 서지 않았다.

'정령 마력 회복에, 재사용 대기 시간 감소 옵션이 너무 끌리는데…….'

무기 자체의 공격력도 활이 너클보다 월등했지만, 사실 무기의 공격력은 예전보다는 이안에게 큰 메리트가 아니었다.

무기의 공격력보다 이안의 공격력에 더 큰 영향을 미치는 것은 스킬 대미지에 직접적인 영향을 주는 '소환 마력' 능력치였으니까.

그리고 잠시간의 고민 끝에 이안은 결론을 내렸다.

"활로 무기를 바꾸고, 너클은 '감응' 옵션이 붙어 있는 다른 무기를 얻을 때까지는 일단 가지고만 있어야겠어."

이안이 이러한 판단을 내린 이유는 다른 것이 아니었다.

지금 당장은 활의 옵션이 약간 더 마음에 들었지만, 만약 이안의 소환수가 엄청나게 위력적인 소환수 고유 스킬을 얻게 된다면 감응 옵션을 가진 무기를 써야 할 상황이 올지도 모르기 때문이었다.

마음의 결정을 내린 이안은 너클을 해제하여 인벤토리에

집어넣고, 장궁을 착용했다.

"이제 한바탕 사냥하고 나면 훈련 스킬 재사용 대기 시간도 몇 분씩 쭉쭉 줄어들겠지?"

사실 이안이 활을 사용하기로 마음먹은 결정적인 이유가 여기 있었다.

이안이 가장 중요하게 생각하는 부분은 바로 소환수들의 '잠재력' 능력치였다.

그리고 이에 영향을 미치는 '훈련' 스킬의 쿨타임을 더욱 빨리 돌아오게 할 수 있는 옵션이 활에 붙어 있는 것이었다.

'생각난 김에 라이 잠재력이나 확인해 볼까?'

이안은 뿍뿍이에게 '등껍질 거대화' 스킬을 부여한 뒤로 줄곧 라이에게 훈련 스킬을 사용해 오고 있었다.

덕분에 훈련 스킬은 중급 8레벨까지 올라 있었고, 라이의 잠재력도 50이 넘은 상태였다.

"좋아."

이안은 만족스러운 미소를 지었다.

이제 더욱 빨리 훈련 스킬을 돌릴 수 있으니, 라이의 잠재력도 금방 100을 만들어 줄 수 있을 것이다.

"이제 뛰어난 소환수 하나 새로 얻으면, 그놈은 제대로 키워 줄 수 있겠다."

사실 이안이 분석한 잠재력 능력치를 최고 효율로 활용하려면, 잠재력을 100까지 채운 상태에서만 소환수를 레벨 업

시켜야 했다.

잠재력이 높을수록 레벨 업 당 능력치 상승폭이 높게 적용되었으니 당연한 이야기였다.

하지만 지금 이안은 소환수가 1레벨 오를 때마다 상승하는 능력치 폭 하나하나에 신경 쓰는 것보다는 절대적인 레벨을 빨리 올리는 것이 더 강해지는 길이었기에, 잠재력이 몇인지에 관계없이 계속해서 레벨 업을 시킨 것이었다.

"이제 친화력도 300이 넘었고, 영웅 등급에 진화 가능 옵션이 붙은 개체로 하나 잡았으면 좋겠네."

높은 친화력 때문에 어지간한 희귀 등급 몬스터까지는 이제 손쉽게 잡을 수 있었다.

아직 뿍뿍이를 제외하면 유일 등급 몬스터도 잡아 보지 못했지만, 느낌은 그 이상도 충분히 가능할 것 같았다.

'흐흐, 일반 등급에서 시작한 라이가 이렇게 강한데, 유일이나 영웅 등급을 잡아다가 진화시키면 어마어마하겠지?'

생각만 해도 행복해지는 상상이었다.

'영웅 등급에 진화 가능 몬스터를 얻어서 1레벨부터 잠재력 100 가득 채워서 키운다면…….'

만약 그렇게만 된다면 정말 엄청난 놈으로 키워 낼 수 있을 것 같았다.

"웃차."

기지개를 한 번 켠 이안은 아이템들을 깔끔하게 정리한

후, 걸음을 옮기기 시작했다.

"그래도 우선 방학이 끝나기 전까지는 레벨 업만 해야겠어."

투기장 때문에 일주일 이상의 시간을 또 허비했다.

이안의 머릿속에 문득 이진욱 교수와의 내기가 스쳐 지나갔다.

'으, 맞다. 93레벨……. 방학 끝나기 전까지 만들어야 하는데.'

이안은 속으로 날짜를 계산했다.

'개강까지는 한 달하고 열흘 남았어. 그리고 수강 변경 기간인 첫 주 한 주는 빼먹어도 되고, 이진욱 교수님 첫 수업은 목요일이었으니까……'

이안의 머리가 그 어느 때보다도 맹렬히 회전하기 시작했다.

그렇게 계산이 끝나고 보니, 결과적으로 남은 시간은 50일 정도였다.

"망했다!"

이안이 생각해도 거의 불가능에 가까운 짧은 시간이었다.

매일 1레벨 가까이 올려야 겨우 근접한 레벨을 만들 수 있었다.

당장이야 하루에 2~3레벨 정도 올리는 것이 가능할 것 같았지만, 70레벨이 넘어가면 경험치가 지옥같이 안 오른다는 것을 잘 알고 있었다.

"으아, 이러고 있을 때가 아니야! 사냥, 사냥하러 가자!"

이안은 허겁지겁 걸음을 뗴었다.

승부욕 문제를 떠나, 이안의 앞으로의 게임 인생이 걸린 중차대한 내기였다.

진다는 것은 상상조차 해 본 적이 없었다.

24레벨의 소환술사 카노엘은 20레벨 중반대의 사냥터인 나르한 늪지대에서 레벨을 올리기 위해 사냥 중이었다.

늪지대의 평균 레벨은 26 정도로, '페라곤'이라는 도마뱀 형태의 몬스터가 등장하는 사냥터였다.

평범한 유저라면 레벨에 비해 약간 난이도가 높은 수준의 사냥터였지만, 카노엘은 그것을 감안하더라도 심각하게 고전하고 있었다.

"곰탱아, 거기서 그렇게 팔을 휘두르면 어떻게 해! 아오!"

ㅡ소환수의 충성심이 낮아 명령을 거부합니다.

쿠어어어ㅡ.

카노엘의 소환수인 반달곰의 레벨은 29.

반나절이 걸려 겨우 포획한 녀석이었지만, 친밀도와 충성도가 낮아 말도 잘 듣지 않았고, 전투력도 영 시원치 않았다.

‘아, 정말 쓸모없는 녀석이네.’

겨우겨우 페라곤들을 사냥하던 카노엘은 3마리의 페라곤들에게 둘러싸이자 결국 도망을 선택했다.

“소환 해제!”

반달곰을 소환 해제한 그는 잽싸게 마을을 향해 내달렸다.

그가 ‘빙의’ 스킬을 이용해 민첩성을 극대화시켰기 때문에, 그나마 달아나는 것은 수월했다.

비행 타입의 몬스터 중에서도 민첩이 빠르기로 유명한 화이트 레이븐을 빙의시킨 덕분이었다.

“후, 이렇게는 도저히 사냥 못 하겠다.”

카노엘은 고개를 절레절레 저었다.

그는 현실 세계에서 SH 전자의 상속자 중 한 명이었다.

소위 밀하는 재벌 2세, 그렇기 때문에 어렸을 적부터 떠받듦 속에서 자란 그는 무척이나 자존심이 강했다.

그래서 그 누구에게도 도움 받지 않고, 자신만의 방법으로 게임을 해야 가장 즐겁게 플레이할 수 있다는 신념을 가지고 있었다.

소환술사라는 직업도 그래서 선택한 것이었다.

모두에게 육성하기 어렵다는 평을 듣는 소환술사가 그의 정복욕을 자극했던 것이다.

‘남자는 마이 웨이지.’

그 때문에 그는 카일란의 공식 커뮤니티조차 들어가 보지 않았다.

남이 써 놓은 공략을 보고 싶지 않다는 이유였다.

하지만 하루 종일 게임만 해도 오르지 않는 레벨을 보고 있자니 드디어 인내심에 한계가 왔다.

그리고 그는 누군가에게 메시지를 보냈다.

－카노엘 : 란마, 내 계좌로 500만 골드만 보내 줘.

사실 500만 골드는 일반적인 20레벨대의 유저라면 구경조차 해 보지 못했을 정도의 거액이다.

하지만 카노엘에게 그 정도는 아무렇지도 않은 금액이었다.

날이 쌀쌀해서 길거리 매장에 들어가 조금 비싼 명품 귀마개를 구입하는 수준이랄까.

그리고 잠시 후 메시지가 돌아왔다.

－란마 : 오, 도련님, 이제 제 도움을 받기로 하신 겁니까?

－카노엘 : 응. 끝까지 혼자 해 보려고 했는데, 너무 재미가 없네.

재미가 없다고 하기보단 그의 무능과 소환술사에 대한 정보 부족의 탓이 컸지만, 카노엘은 그렇게 생각하지 않았다.

사실 그의 참을성 없는 성미에 아무런 도움도 받지 않고 소환술사를 24레벨까지 키운 것이 기적에 가까운 일일 수도 있었다.

－란마 : 예, 도련님. 잘 생각하셨습니다. 지금 바로 송금하겠습니다. 혹시 사냥이 어려우시면 제가 좀 도와 드릴까요?

－카노엘 : 아니, 아니. 그럴 필요는 없어. 그냥 돈만 보내도록 해.

'그래도 내가 버스까지 탈 순 없지.'

그것은 그의 마지막 자존심이었다.

-란마 : 예, 알겠습니다. 도움 필요하시면 언제든지 말씀하세요.

-카노엘 : 알겠어, 란마.

대화를 마친 카노엘은 늪지대에서 벗어나자마자 귀환석을 이용해 마을로 귀환했다.

그리고 그가 향한 곳은 경매장이었다.

'후, 일단 소환수부터 한 마리 사야겠어. 500만 골드 정도면 큰돈은 아니지만 당분간 쓸 만한 괜찮은 놈 정도로는 살 수 있겠지?'

카일란에서 소환수는 봉인 마법 주문서에 봉인된 채로 거래되고 있었다.

얼마 전 경매장 시스템이 업데이트되면서, 소환수의 거래량은 부쩍 늘었다.

봉인 주문서를 경매장에 올려놓으면 대상 소환수의 능력치 정보까지 구매자가 확인할 수 있게 되는 방식으로 바뀌었기 때문에 수요와 공급이 모두 많아진 것이었다.

그는 갖고 있던 소환수 중, 반달곰을 계약 해제해 봉인서에 봉인해 버렸다.

팔아 봐야 3천 골드 받기도 힘든 몬스터였지만, 굳이 봉인하는 이유는 다른 것이 아니었다.

해제해서 풀어 줘 버리면 충성심이 낮기 때문에 자신을 공격할지도 모른다고 생각했기 때문이었다.

"어지간하면 직접 포획한 몬스터를 데리고 사냥하고 싶었는데…… 어쩔 수 없지."

경매장에 도착한 카노엘은 곧바로 소환수들을 검색하기 시작했다.

그가 처음 검색하기 시작한 소환수는 '늑대' 형태의 소환수들이었다.

"아니, 뭐 이렇게 가격이 다 싸? 심지어 붉은 늑대가 10만 골드라고?"

사실 붉은 늑대의 가격으로 책정되어 있는 10만 골드는 싼 것이 아니라 오히려 적잖이 거품이 끼어 있는 비싼 가격 이었다.

붉은 늑대는 희귀 등급의 몬스터였지만 최하위 레벨의 필드에서 잡을 수 있는 몬스터였기 때문에 흔한 편이었던 것이다.

사실 늑대 종류 소환수들의 값에 거품이 낀 이유는 이안 때문이었다.

이안이 루키 리그에서 보여 줬던 붉은 갈기 늑대 '라이'의 활약 덕분에 늑대 소환수들의 인기가 급상승한 것이었다.

이번 루스펠 제국의 투기장 루키 리그 영상이 방송된 뒤, 모든 늑대 형태의 소환수들의 가격이 20% 이상 올랐을 정도였다.

하지만 정보에 무감한 카노엘이 이안과 라이의 활약을 알

리 없었으며, 시세에 대한 감이 전혀 없는 카노엘이 보기에
는 한없이 싼 가격이었다.

'진작 경매장에서 소환수를 구해 볼걸 그랬어.'

차근차근 소환수를 살펴던 카노엘은 곧 고개를 절레절레
저으며 다른 소환수를 검색하기 시작했다.

능력치가 마음에 들지 않은 모양이었다.

"하, 가격이 싸서 그런지 죄다 이렇게 허접한 소환수들밖
에 없어? 아예 비싼 가격 순으로 검색해 볼까?"

카노엘은 검색 조건을 바꿔서 최고 가격 순으로 소환수들
을 검색했다.

그러자 무지막지한 가격이 매겨져 있는 소환수들이 주르
륵 나열되었다.

그리고 기노엘은 가장 윗줄에 있는 소환수의 정보를 열어
보았다.

"음…… 라바 드레이크Lava Drake? 이건 뭔데 1,500만 골드
나 해? 한번 구경이나 해 볼까?"

카노엘은 정말 구경만 할 생각으로 정보창을 열었다.

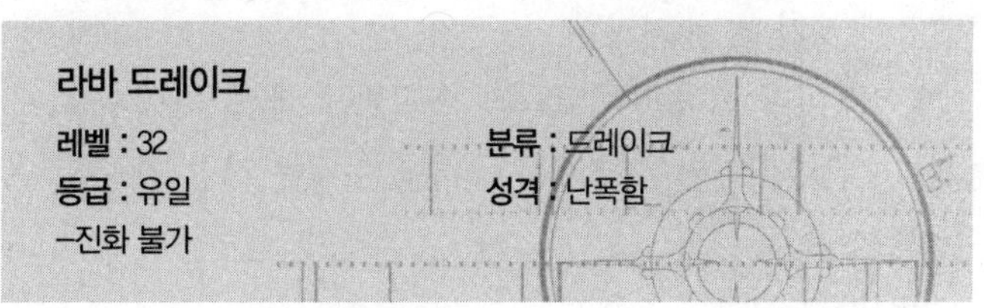

공격력 : 395   방어력 : 175
민첩성 : 125   지능 : 105
생명력 : 4,950/4,950   마 력 : 2,470/2,470
고유 능력
-화염 흡수
화염 속성의 피해를 30%만큼 덜 받는다.
-용암의 숨결
화염 속성의 브레스를 발사하여 전방에 공격력의 475% 만큼의 피해를 입힌다. (재사용 대기 시간 30분)
뜨거운 용암 속에서 태어난 '라바 드레이크'이다.
화염 속성의 공격에 특화되어 있으며, 무척이나 강력한 공격력을 자랑한다.

드레이크의 정보 창을 쭉 읽은 카노엘은 순간 말을 잃었다.

그의 상식으로는 이해할 수 없을 만큼 엄청난 능력치였으니까.

"마, 말도 안 돼!"

그가 방금 전까지 소환수로 데리고 다녔던 반달곰의 능력치는 이 드레이크에 비하면 너무 하찮은 수준이었다.

"반달곰이랑 레벨이 3밖에 차이나지 않는데, 어떻게 공격력이 세 배가 넘는 거지?"

방어력이나 체력은 반달곰과 비교했을 때 별 차이가 나지 않는 수준이었지만, 395라는 공격력 수치는 정말 가공할 수준이었다.

'가, 갖고 싶다……'

카노엘은 일단 드레이크의 정보창을 닫고 다른 몬스터들의 정보들을 하나씩 살펴보았다.

하지만 아무리 봐도 방금 확인했던 드레이크만큼의 능력치를 가진 몬스터는 어디에도 보이지 않았다.

그의 마음이 움직이기 시작했다.

"좀 비싸긴 하지만 그만한 투자할 가치는 있어 보이니까……."

이안이 들었다면 답답함에 화병이 났을지도 모를 정도로 멍청한 판단을 하고 있는 카노엘이었다.

사실 이안이 아니라 누가 보더라도 라바 드레이크의 가격은 말도 안 되게 비싼 수준이었다.

안타깝게도 카노엘의 마음을 앗아 간 라바 드레이크는 판매자가 호구를 서걱하기 위해 올려놓은 매물이라고 할 수 있었다.

유일 등급이라 하더라도 '진화 불가' 개체의 가격은 최근 경매 시장에서 그렇게 비싼 편이 아니었으니까.

지금 경매장에 올라오는 소환수들 중 가장 인기 있는 매물은 '진화 가능' 옵션이 붙어 있는 개체들이었다.

아직 진화에 성공한 유저가 공식적으로 나타나지 않았음에도 경매장에 올라오기가 무섭게 사라질 정도로, 진화 가능 개체들은 불티나게 팔리고 있었다.

500만 골드가 카노엘이 아닌 정보에 빠삭한 다른 소환술사 유저의 손에 쥐어 있었다면, 아마 반달곰이나 골렘류의 진화 가능 개체를 찾기 위해 열심히 경매장을 뒤질 터였다.

지금 500만 골드로 구매 가능한 '진화 가능' 개체들 중 가장 상급의 몬스터들이 반달곰과 골렘류였으니까.

하지만 카노엘은 그런 세부적인 정보는커녕, 진화가 가능한 개체가 있다는 것조차 모르고 있었다.

카노엘은 단지 라바 드레이크의 멋진 비주얼과 강력한 공격력에 이미 마음을 뺏겨 버렸다.

'그래, 500만 골드 쓰나 1,500만 골드 쓰나 그게 그거지 뭐.'

일반 유저가 들었다면 탄성과 함께 고개를 절레절레 저었을 만한 생각을 한 카노엘은 망설임 없이 란마에게 메시지를 보내어 모자라는 금액을 추가로 송금 받았다.

그리고 곧바로 '라바 드레이크'가 봉인된 주문서를 구매해 버렸다.

"으흐흐."

입꼬리가 귀에 걸린 카노엘은 서둘러 구매한 라바 드레이크와 계약하기 위해 봉인 주문서를 사용했다.

하지만 그의 눈앞에 절망적인 메시지가 떠올랐다.

ー통솔력이 부족하여 '라바 드레이크'와 계약할 수 없습니다.

"으, 으아아……!"

온몸에 힘이 다 빠지는 기분이 든 카노엘은 그 자리에 주저앉았다.

"아니, 샀는데 왜 쓰질 못하니!"

그는 고심 끝에 마지막 남은 소환수 화이트 레이븐마저 계약해지를 하고 다시 주문서를 사용했다.

하지만…….

─통솔력이 부족하여 '라바 드레이크'와 계약할 수 없습니다.

안타까운 시스템 메시지가 다시 속절없이 울려 퍼졌다.

"제기랄."

카노엘은 초점 없는 눈으로 멍하니 하늘만 쳐다보았다.

잠시 후 정신을 차리고 일어선 카노엘은 다시 경매장을 열었다.

"통솔력 올려 주는 아이템으로 온몸을 도배하면 되겠지?"

그리고 그는 다시 란마에게 메시지를 보내어 추가로 돈을 더 뜯어내었다.

한번 쓰기가 어렵지, 쓰기 시작하니 주머니가 마치 자동문처럼 열렸다.

'으, 이 정도 액수면 아버지도 조금 뭐라고 하실 텐데…….'

하지만 지금 손안에 있는 라바 드레이크를 당장 써 보지 못 하면 직성이 풀리지 않을 것 같았다.

그리고 순식간에 2,000만 골드에 육박하는 거액을 다 써 버린 카노엘은 자기합리화를 시전했다.

"흠, 그래도 이 정도 돈 써서 게임 더 즐겁게 플레이할 수

있으면 그게 이득이지 뭐. 누가 사기 전에 빨리 사 버리길 잘
했어.”

　과연 카노엘이 아니었다면 누가 사기는 했을까 싶은 매물
이었지만, 원하는 소환수를 얻은 카노엘은 해맑았다.

　‘모르는 게 약’이랄까…….

　그렇게 오늘도 카일란의 경매장에서는 한 명의 유저가 자
신의 합리적인(?) 소비에 뿌듯해하고 있었다.

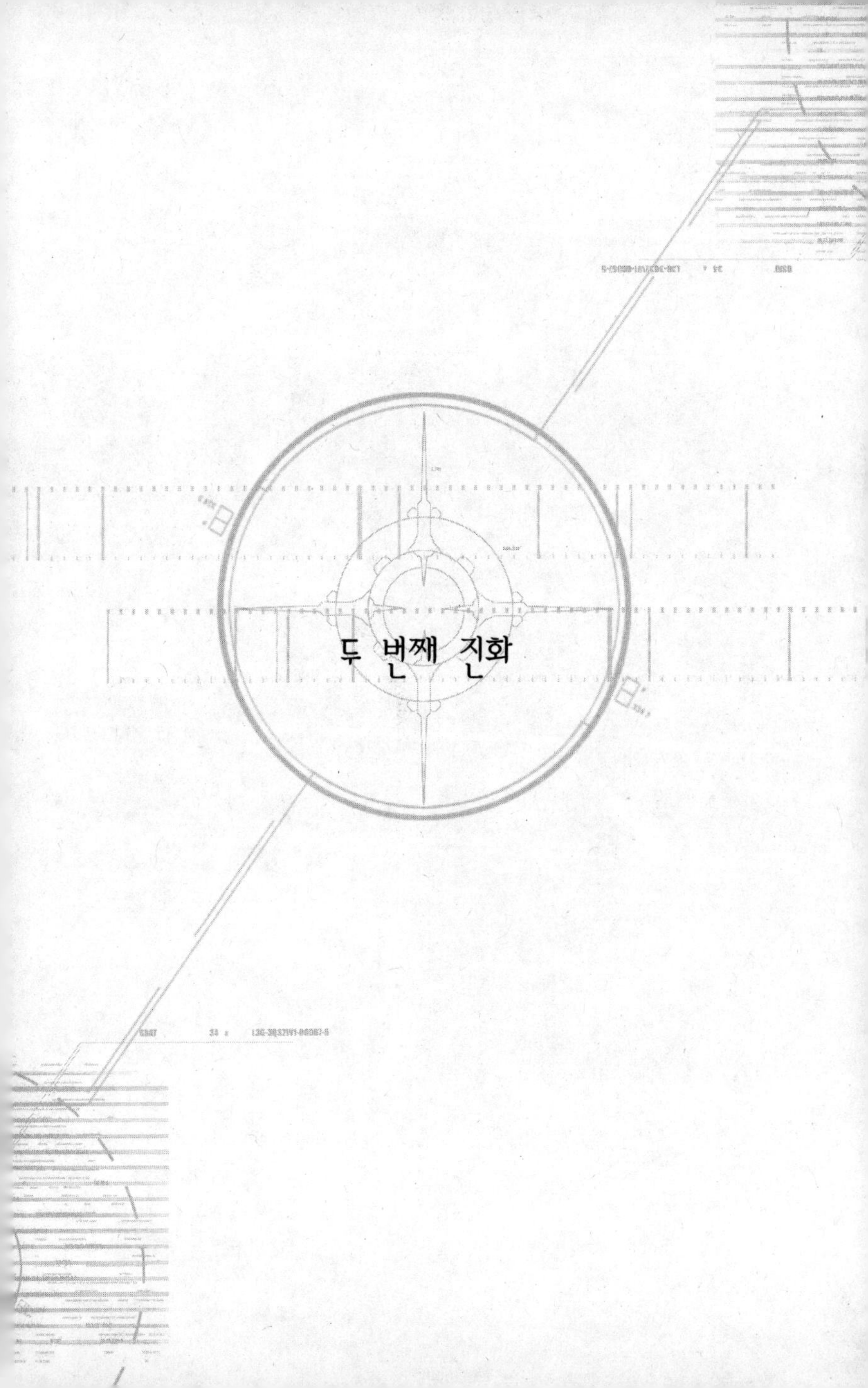
두 번째 진화

Taming Master

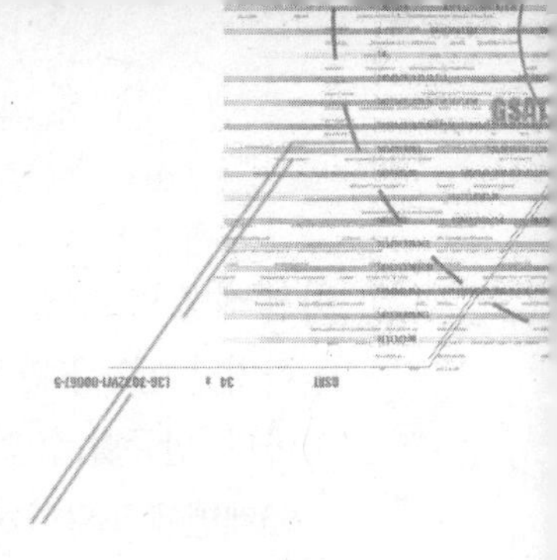

띠링-.

-레벨이 올랐습니다. 62레벨이 되었습니다.

"아자!"

레벨 업을 알리는 기분 좋은 시스템 메시지가 떠올랐다.

이안은 주먹을 불끈 쥐며 이마를 타고 흘러내리는 땀을 닦았다.

"아직까지는 레벨 업할 만하네. 이럴 때 더 빨리 업해야 하는데……."

이안은 50레벨 90% 대의 경험치에서 62레벨까지 도달하는 데 일주일이 조금 넘는 정도의 시간이 걸렸다.

일반적인 유저들이 들으면 고개를 절레절레 저을 정도의

미친 레벨 업 속도였다.

하지만 이안은 만족하지 않았다.

아니, 만족할 수 없었다.

93레벨에 도달하기 전까지 잠시도 쉴 틈이 없었다.

'그나마 60레벨에 얻은 직업 특수 스킬 덕에 사냥이 조금 빨라져서 다행이야.'

이안은 60레벨이 되면서 또 두 개의 직업 특수 스킬을 얻었다.

역시나 이안의 모든 스킬 중 가장 숙련도가 높은 스킬은 '고급' 단계를 눈앞에 두고 있는 훈련 스킬이었고, 그렇기 때문에 잠재력과 관련된 스킬이 또 하나 생성되었다.

'잠재 능력 폭발 숙련도가 몇이나 올랐는지 확인해 볼까?'

이안은 새로 얻은 특수 스킬인 '잠재 능력 폭발'의 스킬 정보를 열어 보았다.

잠재 능력 폭발

분류 : 액티브 스킬　　　　　**스킬 레벨** : Lv. 1

숙련도 : 5%　　　　　**재사용 대기 시간** : 20분

지속 시간 : 1분 20초

사용 조건 : 소환수에게만 사용할 수 있습니다.

한 개체의 소환수의 잠재 능력을 폭발시킵니다.

잠재 능력이 깨어난 소환수는 모든 전투 능력이 '잠재력' 능력치 %만큼 증가합니다.

*스킬 부여의 레벨과 숙련도가 높을수록 지속 시간이 늘어납니다.

‘잠재 능력 폭발’ 스킬은 잠재력과 관련된 버프 스킬이다. 즉, 해당 소환수의 잠재력이 높을수록 상향되는 능력치의 비율이 높아지는 스킬로, 소환수에게만 사용할 수 있다.

예를 들어 잠재력이 100인 소환수에게 ‘잠재 능력 폭발’ 스킬을 사용하면 모든 능력치가 추가로 100%만큼씩 증가하는 것이다.

라이의 잠재력은 현재 80이 넘는 수준이었으니, 잠재 능력 폭발 버프를 받으면 잠시 동안이나마 거의 두 배의 전투력을 갖게 된다는 것이다.

“오, 언제 1레벨이 됐지? 지속 시간 20초나 늘었네.”

현재 잠재 능력 폭발의 지속 시간은 1분 20초였다.

어찌 보면 무척이나 짧은 시간이었지만, 이 시간을 잘 활용하면 정말 효율적인 사냥을 할 수 있다.

게다가 이안이 투기장 보상으로 얻은 활을 사용하면 재사용 대기 시간도 단축시킬 수 있었기 때문에 거의 10분에 한 번 정도는 사용할 수 있을 것이다.

“그나저나 빙의 스킬은 내 사냥 방식에선 확실히 효율이 떨어지네. 그래도 얻었다고 좋아했는데…….”

이안이 잠재 능력 폭발과 함께 얻은 직업 특수 스킬은 ‘빙의’ 스킬이었다.

이는 소환 가능한 몬스터 중 하나의 영혼을 자신의 몸에 빙의시켜 해당 소환수가 가진 능력치의 30%를 부여받는 스킬이자, 히든 클래스가 아닌 일반적인 소환술사들이 처음에 가지고 시작하는 가장 기초적인 소환술사의 스킬이다.

이안은 처음 빙의 스킬을 얻었을 때, 뿍뿍이와 떡대에게 번갈아 가며 빙의를 사용하고 사냥을 해 봤다.

하지만 반나절 정도 그렇게 사냥해 본 결과, 주력 몬스터에게는 빙의 스킬을 사용하지 않는 것이 더 효율적이라는 결론을 내린 상태였다.

"이제 뿍뿍이는 61레벨이고, 라이는 63레벨, 떡대는 64레벨이네."

이안은 슬슬 사냥터를 옮길 필요가 있음을 느꼈다.

이안이 지금 사냥하던 곳은 65~68 정도의 몬스터들이 출몰하는 류란 협곡이었다.

그리 만만한 사냥터라고 할 수는 없었지만, 항상 사냥 가능한 한계 난이도의 사냥터를 선호하는 이안이었기에 사냥터를 옮기고 싶은 것이 당연했다.

'음, 어디가 좋을까?'

잠시 생각하던 이안은 문득 어떤 장소를 떠올렸다.

'아, 아예 지금 포르칼 산맥으로 가 볼까?'

포르칼은 남부 대륙의 동쪽에 있는 커다란 산맥이었다.

출몰하는 몬스터들은 보통 70~75레벨 사이로 알려져 있어, 지금의 이안이 원하는 딱 적당한 난이도의 사냥터였다.

게다가 이안이 이 사냥터로 가려고 하는 특별한 이유도 있

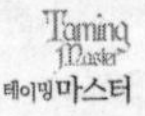

었다.

'포르칼 산맥에서 70레벨 찍고 나면 바로 넘어가서 차원의 마탑으로 가야지.'

바로 전설의 드래곤 테이머 오클리에게 받았던 B등급 퀘스트를 깨려고 마음먹은 것이다.

포르칼 산맥에서 B등급 퀘스트를 수행하는 데 필요한 적정 등급의 레벨을 만들고 퀘스트를 하러 동쪽으로 이동하면 동선 낭비 없이 완벽히 움직일 수 있었다.

설령 중간에 다른 곳에 들러야 할 일이 생기더라도 포르칼 산맥에서 사냥하기 전, 인근 마을의 귀환석을 미리 구해 놓으면 되는 것이었다.

"좋아, 좋아."

스스로 생각해도 뿌듯했는지 이안은 기분 좋은 미소를 지으며 라이를 불렀다.

"라이야, 포르칼로 가자!"

크릉- 크릉-!

이안은 라이의 등에 올라 움직이기 시작했다.

'요즘 라이를 탈 때마다 느끼는 거지만 정말 편해졌단 말이야.'

이안이 라이를 타는 실력도 늘었지만, 라이가 이안을 태우고 움직이는 실력도 늘었는지, 이안은 완벽한 승차감에 만족스러운 표정을 지었다.

점심을 먹기 위해 잠시 접속을 종료한 이안은 부엌에서 이 것저것 뒤적거리고 있었다.

"뭐야? 콘플레이크가 왜 없어?"

생각지도 못했던 식량난에 이안은 당황했다.

"으, 어디 먹던 과자 부스러기라도 안 남아 있나."

5분여 동안 좁은 방구석을 샅샅이 뒤졌지만 남아 있는 빵 쪼가리 하나, 과자 봉지 하나도 없었다.

절망스러운 상황이었다.

"심지어 라면도 없어……."

결국 이안은 지갑을 들고 무거운 발걸음을 옮겼다.

그런데 그때, 뭔가 이질적인 물건이 이안의 발에 걸렸다.

부스럭-.

지난번 마트에서 장을 봐 온 뒤부터 방에서 아무렇게나 굴 러다니고 있던 비닐봉지였다.

그리고 이안의 눈에 비닐봉지에 쓰여 있는 마트의 전화번 호가 들어왔다.

"음……?"

마트의 전화번호 옆에 찍혀 있는 '24시간 배달 가능'이라 는 파란색 로고를 본 이안은 무릎을 탁 쳤다.

'아, 지금까지 멍청하게 이 생각을 왜 못 한 거지?'

그리고 자책했다.

'시대가 어느 땐데, 발품 팔아서 장을 보고 있었다니…….'

바보 같았던 자신을 반성하며 마트에 전화를 걸어 필요한 식량들을 주문한 이안은 캡슐로 시선을 옮겼다.

하지만 곧 고개를 저었다.

"음, 30분 정도면 배송이 된다는데, 지금 접속하기도 애매하니 오랜만에 정보나 좀 검색해 볼까?"

컴퓨터에 앉은 이안은 곧바로 카일란 커뮤니티에 접속한 뒤 파란색으로 '신규 몬스터'라는 문구가 붙어 있는 게시판을 클릭했다.

게시판의 이름 그대로 패치 이후 새로 생긴 몬스터들에 대한 정보들을 다루는 게시판이었다.

대규모 패치가 이뤄진 지 이제 제법 시간이 흘렀음에도 불구하고, 게시판에는 신규 몬스터에 대한 새로운 정보들이 끊임없이 올라오고 있었다.

카일란의 개발사인 LB소프트에서 신규 몬스터들에 대한 정보를 일절 풀지 않았기 때문이었다.

카일란에 대한 모든 정보는 오로지 유저들 사이에서 공유됨으로 인해서 생성되는 것들이었다.

'포르칼 산맥 쪽에 혹시 발견된 신규 몬스터가 있나?'

이안이 검색하려는 것은 지금 움직이고 있는 새로운 사냥터인 포르칼 산맥의 몬스터에 대한 정보였다.

기존의 몬스터들에 대한 정보는 빠삭했지만, 신규 몬스터가 있다면 미리 대비하는 것도 나쁘지 않았다.

"어디 보자…….."

조용한 이안의 방 안에 딸깍거리는 마우스 소리가 울려 퍼졌다.

'에이, 포르칼에는 신규 몬스터가 발견된 게 아직 없나 보네. 분명히 있을 텐데 아직 아무도 못 찾은 거겠지.'

10여 분 동안 '포르칼'이라는 검색어로 열심히 검색을 하던 이안은 아쉬운 표정이 되었다.

그런데 그가 게시판을 나서려던 순간, 게시판의 상단에 새로운 글이 하나 올라왔다.

"어?"

게시물의 제목은 굵은 볼드체로 눈에 잘 띄게 쓰여 있었다.

-작열의 대지 지하 던전.
-신규 몬스터 라바 위치.

제목은 단번에 이안의 시선을 사로잡았다.

'라바 위치'라는 몬스터의 이름도 처음 들어 봤을뿐더러 '작열의 대지'라는 맵은 포르칼 산맥을 넘으면 바로 나오는 맵의 이름이기 때문이다.

이안은 망설임 없이 게시물을 클릭했다.

그러자 '라바 위치'라는 몬스터에 대한 정보가 모니터에 떠올랐다.

라바 위치

레벨 : 72~75　　　　　　　　분류 : 원소형
등급 : 희귀　　　　　　　　　성격 : ?
공격력 : ? ~ ? (400 전후 추정)　방어력 : ? ~ ? (200 전후 추정)
민첩성 : ? ~ ? (알 수 없음)　지능 : ? ~ ? (1,000~1,100 추정)
생명력 : 12,000 전후　　　　마력 : ? (알 수 없음)
고유 능력
-화염의 영역
전방위 넓은 범위(3m^2 정도로 추정)에 지속적으로 화염 피해를 입힌다.
일정 확률로 화상 상태에 빠지는데, 중첩이 될수록 피해가 증폭되는 것으로 추정.
*?

라바 위치의 정보는 신규 몬스터 정보 게시판의 양식에 맞게 잘 정리되어 있었다.

대부분이 물음표로 채워져 있었지만 그것은 당연한 것이었다.

몬스터를 포획해서 정보창을 확인해 보지 않는 이상 정확한 능력치를 아는 것은 불가능했다.

그럼에도 불구하고 이안은 충분히 흥미를 느꼈다.

'고유 능력이 범위 공격이잖아?'

일반적인 유저들이 신규 몬스터 게시판에 들어오는 이유

는 보통 처음 상대하는 몬스터를 쉽게 공략할 방법을 얻기 위함인 경우가 많았다.

하지만 이안을 비롯한 소환술사들은 자신이 포획해서 전투에 쓸 소환수에 대한 정보를 얻기 위해 게시판을 방문했다.

그리고 이 라바 위치는 이안이 그토록 원했던 광역 대미지 딜러였다.

이안은 라바 위치에 대한 정보를 읽어 내려가며 스크롤을 쭉 밑으로 내렸다.

그리고 아래쪽에는 정보를 올린 유저가 직접 찍어 올린 스크린샷도 첨부되어 있었다.

'오, 외형도 마음에 들어!'

라바 위치의 모습은 '온몸에 용암이 흐르는 유령' 정도로 표현할 수 있었다.

용암으로 이루어진 라바 위치는 상반신만 둥둥 떠 있는 모습과, 그 주변을 휘감고 있는 불꽃이 어우러져 신비로운 분위기를 풍기며 제법 멋들어진 외형을 만들어 냈다.

'이 동영상에 찍힌 이 스킬이 화염의 영역이라는 스킬인가 본데.'

이안은 흥미롭게 라바 위치의 스킬 시전을 지켜보았다.

그리고 그 스킬에 적중당하고 있는 유저의 생명력이 빠져나가는 것을 유심히 지켜보았다.

'광역 딜인 점을 감안한다면 딜양도 준수한데?'

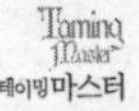

라바 위치에 대한 정보의 마지막은 게시자의 코멘트로 마무리되었다.

-기사인 제가 알아낼 수 있는 라바 위치에 대한 정보는 이 정도가 다인 것 같습니다. 정확한 세부 능력치까지 알아내려면 소환사분이 포획해서 정보를 확인해 주셔야 되겠죠?

아직 라바 위치를 포획하실 수 있을 만한 레벨의 소환술사 유저분이 계실 것 같지는 않지만, 근시일 내로 포획에 성공했다는 소식을 들었으면 좋겠네요.

제 정보가 업데이트되는 것도 좋지만, 라바 위치 몬스터 자체가 마주해 본 결과 간지덩어리였거든요.

꼭 라바 위치를 전투에서 운용하는 소환술사님을 보고 싶습니다.

그럼 이만!

코멘트를 읽은 이안은 씨익 웃었다.

"크크, 내가 잡아다 쓰겠노라."

동영상을 몇 번이나 다시 돌려 봐도 정말이지 매력적인 소환수였다.

다만 조금 걸리는 점은 '희귀 등급'이라는 정도.

희귀 등급이 나쁜 것은 당연히 아니다.

지금까지 일반 등급의 소환수만 잡아서 진화시켜 사용했던 이안으로서는, 처음부터 희귀 등급인 소환수를 잡아서 진화시키고 싶은 욕망은 당연히 있었다.

문제는 시간이었다.

'희귀 등급이면서 진화 가능 개체를 잡으려면 얼마나 걸리려나?'

필드에 산재해 있는 일반 몬스터 중에서도 찾기 어려운 것이 '진화 가능' 개체였다.

하물며 필드에도 드문드문 등장하는 희귀 등급 몬스터는 오죽하겠는가.

'으으…… 고민되네.'

레벨 업에 쫓기는 상황만 아니었다면 몇 날 며칠이 걸리더라도 개의치 않았으리라.

충분히 그 정도의 값어치는 할 소환수로 보였기 때문이다.

'그래도 확실히 잡기만 하면 레벨 업 속도가 배 이상 빨라질 것 같은데…….'

이런저런 생각을 하며 스크롤을 내리자 수많은 댓글들이 보였다.

그리고 댓글의 반 이상이 소환술사 유저들이었다.

-pts1120 : 와, 라바 위치 간지 터지네요. 잡아서 쓰고 싶다. ㅠㅠ

-김건달 : 하지만 현실은 반달곰이죠.

-박트리 : 윗 님, 반달곰이 어때서요.ㅠㅠ 우리 곰돌이가 얼마나 센데요.ㅠㅠ

-전설의마도사 : 하, 라바 위치 잡아다가 전투하는 소환술사 생기면 불법사들 실직하겠네. 소환술사 사기! 너프 좀!

-jjang123 : 마도사님, 소환술사가 사기라니요. 게다가 너프라니. 그건 소환술사들을 두 번 죽이는 겁니다. 레벨 업 속도도 극악인 데다, 소환수 많이 부린다고 그거 다 컨트롤할 수 있는 것도 아니거든요. 소환수 컨트롤하다 본캐 신경 못 써서 순삭당하는 경우도 많아요.

-1004yj1 : 윗 님은 지금 언제 적 얘기하시나. 요즘은 소환술사가 대센데. 이 님 얼마 전에 루키 리그 못 보셨나 봄. 신규 직업 중에 최초 50레벨 찍은 것도 소환술사고 피빕에서도 날아다니던데 이안 님 보니까.

-암살자뿅뿅 : 그래 봐야 결승전에서 림롱 님한테 순삭. 암살자 만세!

-1004yj1 : 하…… 뿅뿅 님. 그건 상성이 너무 안 좋았던 거죠. 솔직히 소환술사로 암살자 상대해서 그 정도 했으면 이안 님이 실력으로는 림롱 님 이긴 거라고 봄,

댓글을 읽어 내려가던 이안은 뿌듯함과 분함을 동시에 느꼈다.

'크윽, 내가 그 림롱인지 빙봉인지를 이겼어야 됐어. 하…….'

그리고 곧바로 포스트잇을 한 장 떼어서 라바 위치에 대한 정보 중 중요한 몇 가지를 적고 모니터 상단에 붙였다.

'라바 위치는 한 80레벨 정도 되고 나면 그때 상황 봐서 잡으러 가야지.'

　마음 같아선 당장에라도 가고 싶었지만 아직은 레벨도 부족한 데다, 떡대의 경우 화염 속성의 공격에 두 배의 피해를 입는 특성을 가졌기 때문에 엄청나게 고전할 것이 분명했다.

　그리고 굳은 의지를 담은 글씨로 작은 포스트잇도 하나 덧붙였다.

　　-다음에 만나면 이긴다, 림롱.

　그제야 흡족한 표정이 된 이안은 컴퓨터를 종료했다.

　"좋아, 좋아. 광렙 이상으로 유익한 시간이었어."

　그리고 마침 시간에 맞춰서 마트에서 이안의 식량 조달반이 도착했다.

　자칫 낭비할 뻔한 20분의 시간을 알차게 보냈다고 생각한 이안은 기분이 좋아졌다.

　다시 카일란에 접속한 이안은 1시간 정도를 라이를 타고 달린 끝에, 포르칼 산맥에 도착할 수 있었다.

　"크으, 오랜만이네."

　포르칼 산맥은 마법사, 궁사 등 원거리 유저들이 주로 즐겨 찾는 사냥터였다.

'초기화 전에 여기서 꿀 좀 빨았었는데.'

포르칼은 무척이나 산세가 험하고 함정에 가까운 지형지물이 변화무쌍하게 깔려 있는 바위산이다.

원거리 딜러들이 명당에 자리만 잘 잡고 사냥하면, 비교적 적은 탱커와 힐러만으로도 사냥이 가능한 곳이었다.

그렇기 때문에 여러 소환수들을 컨트롤하며 사냥하기에는 적합하기 않은 곳이라고 할 수 있었다.

하지만 이안은 생각해 둔 곳이 있었다.

'포르칼 산채라면 괜찮은 사냥터가 될 수도 있겠지.'

포르칼 산채는 포르칼 산적단이 거주하는 필드 위의 던전 같은 곳 이었다.

산적들의 평균 레벨은 68~72 정도였으며, 포르칼 산맥의 다른 곳들보다 AI가 높아 무리 지어 다니기 때문에 상대하기 까다로운 인간형 몬스터들이었다.

그래서 선호하는 유저들이 많지는 않은 사냥터였지만, 이안은 계획이 있었다.

'그래도 산채 뒤쪽의 협곡을 잘만 이용하면 지금 전력으로 솔로 플레이하기에 최적이야.'

포르칼 산채의 뒤편에는 좁은 바위 협곡이 하나 있었다.

이안은 산적들을 협곡으로 유인해서 싸울 생각이었다.

'떡대랑 라이가 장판파 전투의 장비처럼 협곡의 입구를 막아서면 뒤에서 화살이나 날리면서 재미 봐야겠어.'

하지만 최소 두 달 전의 기억이었기에, 이안은 지형을 다시 한 번 확인해 볼 필요성을 느꼈다.

"라이, 저쪽이야."

크르릉—.

라이를 탄 이안은 험한 지형에도 빠르게 이동할 수 있었다.

라이의 등에 잘 매달려 있기만 하면 라이가 알아서 이리저리 뛰어다니며 쉽게 장애물을 피해 움직였으니까.

라이 덕에 이안은 곧 협곡에 도착했고, 지형을 확인한 뒤 흡족한 미소를 지었다.

'충분히 가능할 것 같네.'

협곡이 기억했던 것보다 조금 넓은 게 아쉽기는 했지만, 방법이 없는 것은 아니었다.

괜찮은 생각을 떠올린 이안은 고개를 주억거렸다.

이제는 산적들을 이쪽으로 잘 유인하기만 하면 될 것이다.

이안은 작전을 수행하기 위해, 떡대도 소환했다.

"떡대 소환!"

쿵—!

묵직한 소리와 함께 소환된 떡대를 보며 이안은 명령을 내렸다.

"떡대, 넌 저쪽에 가서 저기 있는 바위 좀 여기까지 밀어 봐."

떡대는 고개를 끄덕였다.

그르릉-.

이안이 가리킨 곳에는 거의 떡대의 덩치만 한 바윗덩어리가 협곡에 기대어 세워져 있었다.

그리고 바위 앞으로 가더니 낑낑거리며 밀어서 협곡 쪽으로 바위를 옮기기 시작했다.

'너무 커서 안 옮겨지면 어쩌나 했는데, 다행이네.'

그리고 이번에는 라이를 향해 시선을 돌렸다.

"라이야, 저쪽에 보초병들 보이지?"

크릉-.

이제는 이안의 말을 거의 인간 수준으로 알아듣는 라이가 고개를 끄덕였다.

이안의 작전 설명이 계속해서 이어졌다.

"네가 조용히 움직여서 들키지 말고 저놈들 근처로 다가가. 그럼 내가 활을 쏴서 마비를 걸게."

무기가 활로 바뀐 뒤, 전류 증식 스킬은 화살촉 끝에서 생성되는 방식으로 바뀌었다.

양손에 하나씩 착용하는 무기인 너클을 사용할 때에는 양손에 각각 한 구씩 두 개의 전류 덩어리가 생성되었던 것이 활로 바뀌면서 하나로 줄어든 것이다.

하지만 이안은 오히려 만족했다.

사정거리와 정확도가 이전과 비할 수 없을 정도로 대폭 증가했기 때문이다.

그리고 이안의 명령을 받은 라이가 산채의 보초병들에게
로 조심스럽게 접근하기 시작했다.

잠시 라이의 움직임을 지켜보던 이안은 그들과의 각도를
계산하며 조금씩 자리를 옮겨 잡았다.

'마비가 터질 확률을 최대한 높이기 위해선 한 발에 두 명
을 다 맞혀야 해.'

그동안 전류 증식 스킬의 숙련도가 올라서, 마비에 걸릴
확률도 20% 정도까지 증가했다.

그렇다고 해도 그리 높지는 않은 확률이었다.

하지만, 두 명을 동시에 맞힌다면 계산상 36% 정도의 확
률로 둘 중 한 명에게는 마비가 걸릴 것이었다.

조금이라도 확률을 올려야 했다.

게다가 마비가 터지면 추가로 한 발 더 쏠 수 있으니 한 번
에 여러 명 맞히는 것이 무엇보다 중요했다.

'이쯤이면……!'

자리를 잡은 이안이 활시위를 당겼다.

"전류 증식!"

시동어와 함께 화살촉 끝에 전류가 흐르기 시작했다.

이안은 신중하게 조준했다. 궁사 클래스가 아니기 때문에
명중률 보정 같은 것도 없어 무조건 실력으로 맞혀야 한다.

이안은 슬쩍 라이를 응시했다. 그리고 라이가 지근거리까
지 접근한 것을 본 순간, 활시위를 놓았다.

피이잉-!

전류 덩어리가 뭉쳐 있는 화살이 이안의 활시위를 떠나 보초병의 등짝에 틀어 박혔다.

지지직-!

-'전류 증식' 스킬을 명중시켰습니다. '산적 보초병'에게 1,479의 피해를 입혔습니다.

이안은 타격 지점으로부터 퍼져 나가는 네 갈래의 전류가 옆의 보초병에게도 맞아 주기를 바랐다.

그리고 그의 계산대로, 추가 타격이 옆의 보초병에게 들어갔다.

지직- 지지직-!

-증식된 전류가 '산적 보초병'에게 527의 추가 피해를 입혔습니다.

그리고 기다렸던 마비 효과도 터져 나왔다.

-'산적 보초병'이 '마비' 상태에 빠집니다.

-'산적 보초병'의 움직임이 30% 느려지며, '전격' 속성의 공격에 50%의 추가 피해를 입습니다.

-'전류 증식'의 재사용 대기 시간이 초기화됩니다.

"좋아!"

그의 시나리오대로였다.

전류 증식의 재사용 대기 시간이 초기화되면서 화살촉 끝에 전류 구체가 다시 맺혔다.

이안은 지체 없이 마비가 걸리지 않은 나머지 한 명의 산적 보초병을 조준하고 활시위를 놓았다.

퍽-! 지지직-!

이번에도 마비가 걸리길 바랐지만, 그것은 너무 요행수였다.

하지만 둘 중에 한 명이라도 마비에 걸려 이동 속도가 느려졌으니, 이안은 생각했던 대로 전투를 끌어갈 수 있게 되었다.

"라이, 마비 안 걸린 놈 물어 죽여!"

이안의 약점 포착이 발동됨과 동시에, 라이의 공격이 이어졌다.

이안도 놀고 있지 않았다. 전류 증식 스킬의 재사용 대기 시간이 아직 돌아오지 않았지만, 연속으로 화살을 쏘아 보냈다.

핑- 피핑-!

-'산적 보초병'에게 765의 피해를 입혔습니다.

-'산적 보초병'에게 804의 피해를 입혔습니다.

이안과 라이의 연속된 공격으로 보초병 하나가 순식간에 사망했다.

레벨 차이가 별로 나지 않는 일반 등급의 적 정도는 가뿐했다.

그리고 한 놈이 죽자, 나머지 한 놈이 당황해서 소리쳤다.

"적이다, 적이야!"

그리고 그는 황급히 몽둥이를 들어 커다란 북을 울렸다.

둥- 둥-.

'그래, 잘한다!'

이안은 놈이 북을 울리는 것을 일부러 지켜보았다.

그리고 라이에게 명령을 내렸다.

"라이, 이제 이쪽으로 와!"

크릉-!

그리고 라이가 몸을 돌려 달아나듯 이안을 향해 움직이자, 보초병은 라이를 쫓기 시작했다.

"거기 서라, 늑대 놈!"

그리고 이안까지 발견한 산적은 씩씩거리며 뛰어왔다.

"숨어서 화살이나 날리다니 비겁하다!"

이안은 일부러 놈을 더 도발했다.

"자신이 없어서 친구들을 나 불러 모은 주제에 할 말은 아닌 것 같은데?"

그러자 우락부락한 산적의 얼굴이 시뻘개졌다.

"이, 이놈!"

이안의 입꼬리가 슬쩍 말려 올라갔다.

'이제 안에서 다 기어 나오겠지?'

정말 사람이었다면 이런 유치하기 짝이 없는 도발에 넘어갈 리 없었겠지만, AI가 그렇게 높은 수준으로 설정되어 있지 않은 산적이었기 때문에 효과는 직방이었다.

그리고 이안은 그새 재사용 대기 시간이 돌아온 전류 증식으로 보초병에게 마비를 한 번 더 걸었다.

"라이, 아까 그쪽으로 가자!"

크릉―!

이안은 일부러 산적들이 자신과 라이를 놓치지 않도록 속도를 조절해 가며 뛰었다.

그리고 그가 향한 곳은 협곡이었다.

협곡에 먼저 도착한 이안은 슬쩍 위쪽을 쳐다보았다.

이안의 시선이 향한 곳에는 떡대가 멀뚱히 서 있었다.

"떡대, 내가 말하면 아래쪽으로 뛰어내려."

그르륵―.

떡대가 고개를 끄덕이자, 이안은 추가로 명령했다.

"그냥 뛰어내리는 게 아니라 산적 몇 놈 깔아뭉개야 돼. 알겠지?"

그냥 협곡에 떡대를 세워 놔도 됐지만, 이안은 기왕에 공간적 여건이 가능했으니 새로운 시도를 해 보고 싶었다.

그런데 그때.

짹― 째잭―!

이안의 머리 위에 앉아 작전 지시를 보고 있던 짹이가 돌연 촐싹대며 이안의 주위를 빙글빙글 돌기 시작했다.

그리고 그새 이안의 등에서 내려온 뿍뿍이도 이안을 올려다보며 항의했다.

뿍― 뿌뿍―!

이안은 어이없는 표정으로 둘을 응시했다.

"애들이 왜 이래?"

뿍-!

이안은 알 수 없었지만 뿍뿍이와 쨱은 이런 멋진(?) 작전에 주역이 될 수 없음이 서운했던 것이다.

그 둘은 멋있게 등장할 떡대가 부러웠다.

"뿍뿍이, 잔말 말고 형 등에 업히기나 해."

뿍…….

뿍뿍이가 짐짓 서운한 듯 고개를 떨궜지만, 이안은 가볍게 무시하며 뿍뿍이를 업었다.

곧 산적들이 들이닥칠 것이었기에, 뿍뿍이와 놀아 줄 시간이 없었다.

그리고 잠시 후, 수십이 넘는 산적들의 발소리가 들려오기 시작했다.

두두두-.

"떡대, 준비."

이안의 말에 떡대는 바닥으로 뛰어내릴 준비를 했고, 곧 산적들이 협곡에 도착했다.

"감히 어느 놈이 포르칼 산채에 도전한 것이냐!"

그들 중 우두머리인 듯 보이는 산적을 필두로, 수십이 넘는 산적들이 대거 협곡을 지나기 시작했다.

하지만 보스 격인 산적 두목은 보이지 않았기에 안심했다.

'지금!'

타이밍을 잡은 이안은 떡대를 향해 소리쳤다.

"떡대, 뛰어!"

쿵- 쿵-!

떡대가 뛰기 시작하자, 그 무게 때문에 계곡 전체가 울리기 시작했다.

쾅- 콰콰쾅-!

커다란 굉음과 함께, 떡대는 산적들의 머리 위로 몸을 날렸다.

"으아악-!"

생각지 못했던 상황에 산적들은 비명을 질렀고, 이안은 자신의 예상대로 전투가 진행되자 기분이 좋아졌다.

'역시 사람은 머리를 써야 돼!'

뿍뿍이를 조삼모사의 계책으로 회유한 이후 최고의 지략(?)을 다시 선보이며, 이안은 무척이나 뿌듯해졌다.

'됐어, 이 정도 공간이라면 추가 병력이 와도 충분히 싸워볼 만할 거야!'

이제 마음 놓고 싸울 시간이었다.

"라이, 광폭화!"

이안이 라이에게 명령을 내림과 동시에, 뛰어내린 떡대도 산적들의 머리 위에 안착했다.

쿵-!

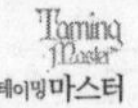

-소환수 '떡대'가 '포르칼 산적'에게 2,340의 피해를 입혔습니다.

공격력이 별로 높지 않은 떡대였지만 허공에서 떨어지며 깔아뭉개는 공격이었기에 무게 영향을 더 많이 받았는지 제법 많은 대미지가 들어갔다.

'좋은데.'

그런데 이안이 흡족해 함과 동시에, 생각지 않은 메시지가 하나 더 떠올랐다.

-소환수 '떡대'가 높은 지점에서의 낙하로 인해 2,892의 피해를 입었습니다.

이안의 표정이 대번에 일그러졌다.

'아, 뭐야? 이러면 의미가 없잖아!'

입은 피해가 더 크긴 했지만 떡대의 높은 체력을 생각한 이안은 찝찝한 마음을 에써 무시했다.

"떡대, 아이스 웨이브!"

쿠쿵-!

아이스 웨이브가 터지고, 둔화 효과까지 걸리자, 산적들은 우왕좌왕하기 시작했다.

그리고 이안의 전류 증식 공격이 이어졌다.

피이잉- 지지직-!

수적으로 훨씬 우세한 산적들이었지만 이미 그들은 혼란에 빠져 그 장점을 살리지 못하고 있었다.

"으아아! 이 돼지 같은 골렘부터 먼저 죽여!"

떡대는 돼지라는 말에 발끈했다.

쿵- 쿵-!

"아악-! 여기 이 늑대나 좀 어떻게 해 봐!"

이안에게 잠재력 폭발 버프까지 받은 라이는 그야말로 날아다니고 있었다.

잠깐 동안이지만 거의 100레벨에 가까운 능력치를 보유하게 된 라이에게 한 번만 물려도, 산적들은 빈사 상태에 빠져 버렸다.

-소환수 '라이'가 '포르칼 산적'에게 치명적인 피해를 입혔습니다!

-'포르칼 산적'의 생명력이 5,475 감소했습니다.

-'포르칼 산적'이 '출혈' 상태가 되어 10초간 초당 1,095의 피해를 입습니다.

그야말로 폭발적인 공격력을 자랑하는 라이였다.

출혈 대미지조차 네 자리 숫자가 찍히는 것을 보며 이안의 입에 절로 흐뭇한 미소가 지어졌다.

-'출혈'로 인해 '포르칼 산적'이 사망합니다.

라이에게 한번 물린 뒤 4~5초 뒤면 산적들이 족족 죽어 나갔다.

라이는 잠재력 폭발 버프가 지속되는 1분 30초 동안 여섯 명의 산적을 해치워 버렸다.

-'포르칼 산적'을 처치했습니다. 2,440의 경험치를 획득했습니다.

북부 대륙 혼돈의 던전에서 최초 발견자 버프를 받고 사냥할 때의 경험치보다는 낮은 수준이었지만, 워낙 사냥 속도가 빠르다 보니 막대한 양의 경험치가 들어왔다.

그리고 라이가 활약하는 동안, 이안도 쉴 새 없이 활시위를 당기고 있었다.

-'포르칼 산적'에게 치명적인 피해를 입혔습니다!

-'포르칼 산적'의 생명력이 1,350 감소했습니다.

-치명적인 공격에 성공하여 3의 정령 마력을 회복합니다.

-포르칼 산적에게 '빛나는 표식'을 남겼습니다.

시스템 메시지와 함께 산적의 머리 위에 새하얀 표식이 생겨났다.

이안은 곧바로 표식이 생긴 산적을 조준하여 한 발 더 명중시켰다.

-'빛나는 표식' 효과가 발동합니다.

-모든 스킬의 재사용 대기 시간이 5초 감소합니다.

이안은 자신이 가진 모든 스킬들과, 그 스킬들이 갖고 있는 부가 효과들을 최대한 활용하며 전투를 이끌어 갔다.

그는 단 1초의 재사용 대기 시간도 낭비하지 않고 효율적으로 모든 스킬을 사용했다.

그러다 보니 서른 명이 넘던 산적들이 어느새 절반 이하로 줄어들었다.

하지만 이안은 의아했다.

'포르칼 산채에 산적이 이렇게 적었나? 분명 더 있을 텐

데…….'
그리고 이안이 속으로 중얼거리자마자, 추가 지원 병력들이 귀신같이 등장했다.
"이놈, 여기가 어디라고 행패를 부리느냐!"
이안은 자신을 향해 호통치는 산적을 향해 시선을 돌렸다.
그리고 곧 당황할 수밖에 없었다.
'뭐, 뭐야! 저게 지금 여기서 왜 등장해?'
이안의 눈에 들어온 것은 레벨이 70대 중반에 가까운 '포르칼 산적 주술사'였다.
게다가 스무 명 정도의 일반 산적들도 충원되었다.
이안의 표정이 일그러졌다.
'어쩐지, 너무 쉽게 풀린다 했어.'
너댓 명 정도의 주술사들이 추가로 등장했지만, 도망쳐야 할 정도는 아니라 생각했다.
이안은 자세를 고쳐 잡았다.

SH 전자 강남 지부의 한 사무실.
딸깍-.
적막한 사무실 속에 쉴 새 없이 마우스 클릭하는 소리가 울려 퍼졌다.

"음…… 소환수들의 등급을 이런 식으로 판단하는 거군."

흰 머리가 언뜻언뜻 보이는 중년의 사내의 이름은 김철우였다.

"도련님께서 얼마 전에 구입하신 라바 드레이크의 등급은 그럼 어느 정도이려나?"

김철우가 SH 전자에서 하는 일은 회장의 차남인 이동우의 비서 역할이었다.

그리고 그가 모셔야 할 도련님인 이동우는 대부분의 시간을 카일란 안에서 보냈기 때문에, 그를 보필하기 위해 철우도 항상 카일란을 플레이했다.

게다가 그는 원래 카일란을 즐겨 하던 유저였기 때문에 오히려 동우가 카일란에 빠져 있는 것이 임무 수행에 더 좋은 환경이라고 생각했었다.

아니, 얼마 전까지는 그랬다.

'나이도 어린 도련님이 그렇게 게임에 재능이 없으실 줄은 몰랐지.'

그의 카일란 아이디는 '란마'였고, 그의 도련님인 동우의 아이디는 '카노엘'이었다.

동우는 게임도 잘 못 하는 데다가 자존심고 고집도 무척이나 드세서 대놓고 도와주기도 쉽지 않은 최악의 인물이었다.

"어디 보자, 도련님의 드레이크의 능력치가……."

철우는 오전에 진땀을 빼며 겨우 알아낸 동우의 라바 드레이크의 능력치를 엑셀 위에 적어 내려갔다.

라바 드레이크

레벨 : 32

방어력 : 175

지능 : 105

마력 : 2,470

공격력 : 395

민첩성 : 125

생명력 : 4,950

"됐다."

능력치를 다 옮겨 적은 철우는 인터넷 브라우저에 띄워 놓은 소환수 성장치 계산 공식을 들여다보았다.

"그러니까 모든 능력치를 더해서 레벨로 나누라는 거지?"

며칠 전부터 카일란 공식 커뮤니티의 소환술사 직업 게시판은 새로운 이슈로 많은 글들이 올라오기 시작했다.

유저들은 각자 가진 소환수들의 가치를 판단하기 위해서 등급을 매기고자 했고, 그로 인해 유저들끼리 자신들의 소환수의 능력치를 스크린샷으로 찍어 올리기 시작한 것이다.

그리고 자칭 분석 및 연구가인 몇몇 유저가 유저들이 올린 소환수들의 능력치 데이터를 바탕으로 그 소환수들의 가치를 판단할 공식을 만들어 냈다.

"395에 175, 125…… 다 더하면 800이군."

그런데 사실 말이 공식이었지, 그것은 무척이나 간단한 계산법이었다.

　해당 소환수의 생명력을 제외한 모든 전투 능력치를 더한 후 그것을 레벨로 나눈 수치를 가지고 소환수의 좋고 나쁨을 판단하는 방식.

　이 방식은 무척 단순했지만, 제법 명쾌하게 소환술사 유저들에게 해답을 제시했다.

　내 소환수가 더 좋니, 네 소환수가 더 좋니 하는 언쟁이 많이 줄어든 것이다.

　이 공식으로 도출된 값을 소환술사 게시판에서는 '성장치'라고 명명했고, 이 성장치의 고하에 따라 소환수의 가치가 정해지기 시작했다.

　계산을 마친 철우는 뒷머리를 긁적였다.

　"흐음, 라바 드레이크의 성장치는 25네. 이 정도면 유일 등급 치고는 그렇게 좋은 편이 아닌데……, 게다가 생명력 성장치는 154.6이면 생명력은 최악이라는 소리고."

　소환술사 직업 게시판에 올라온 소환수의 스크린샷 중, 유일 등급인 몬스터는 많지 않았다.

　그리고 그중에서 가장 높은 성장치를 보였던 몬스터는 28의 성장치를 가지고 있었다.

　성장치 3 차이가 작아 보일지 몰라도, 이게 쌓이고 쌓여서 100레벨 이상의 높은 레벨이 되면 300 이상의 능력치 차이가 된다는 소리였다.

　게다가 생명력 성장치의 경우 유일 등급의 소환수들은

200이 넘는 경우가 허다했다.

성장치가 50 차이 날 경우, 레벨이 20만 차이가 나도 생명력이 1,000 이상 벌어지게 된다는 이야기였다.

철우의 표정이 어두워졌다.

"하아…… 도련님께서 이런 걸 1,500만 골드를 주고 사셨다니."

진화 가능 옵션을 가진 유일 등급의 소환수는 아직 발견된 적이 없었기 때문에 그러려니 했지만, 능력치까지 그리 좋아 보이지 않으니 한숨이 나올 수밖에 없었다.

철우는 자리에서 일어나 사무실 구석에 있는 캡슐로 향했다.

"내가 도련님을 더 잘 보필했어야 했는데……."

돈의 액수가 아깝다기보다 무려 자신이 모시는 도련님인 동우의 무지가 안타까웠다.

철우는 책임을 통감하며 카일란에 접속했다.

"하…… 저 주술사 놈들은 왜 하필 화염 속성인 거야."

이안은 떡대를 향해 화염 덩어리들을 뿌려 대는 포르칼 산적 주술사를 보며 답답한 한숨을 내뱉었다.

그 많던 일반 산적들도 많이 줄여 놓았고, 주술사도 둘밖

에 남지 않았다.

그런데 그 주술사들이 사용하는 공격 마법의 속성이 화염인 것이 문제였다.

협곡을 틀어막고 탱킹 역할을 하고 있는 떡대는, 화염 속성의 공격에 두 배의 피해를 입는 특성을 가지고 있기 때문이다.

'여기서 일단 뒤로 빼야 되나?'

이안은 고민했다.

지금 떡대의 생명력은 이제 1만도 채 남지 않았다.

마음 같아서는 조금 더 무리해서라도 남은 산적들을 다 잡은 뒤에 후퇴하고 싶었지만, 안전하게 하려면 지금 떡대부터 소환 해제하는 것이 옳았다.

'후, 아쉽지만 어쩔 수 없나? 소환 해제 하면 30분만 쉬면 되지만, 떡대가 죽어 버리면 거의 일주일 동안 떡대 없이 싸워야 되니…….'

이안은 마음을 정하고 떡대를 소환 해제할 생각으로 시선을 옮겼다.

그런데 그때, 그의 눈에 들어오는 것이 있었다.

'어……? 떡대 경험치가 99.7%잖아?'

순간, 이안은 좋은 생각이 떠올랐다.

생명력이 얼마 남지 않은 적들부터 빠르게 잡아서 떡대의 레벨을 올려 버리면 생명력이 다시 가득 찰 것이다.

이안은 곧바로 실행에 올렸다.

"떡대, 조금 뒤로 물러나!"

레벨을 올릴 때까지 약간의 시간을 벌기 위해, 떡대를 살짝 뒤로 물린 이안은 재빠르게 라이와 함께 협곡 안쪽으로 뛰어들었다.

"라이, 광폭화! 내가 쏘는 놈부터 죽여!"

크르릉–!

이안은 생명력이 얼마 남지 않아 이름이 깜빡이는 녀석부터 집중적으로 공격했다.

핑– 피핑–!

그리고 재사용 대기 시간이 돌아온 모든 스킬들을 한 번에 사용하면서 공격력을 극대화시키자 금방 한 놈을 잡아 낼 수 있었다.

–'포르칼 산적'을 처치했습니다. 2,440의 경험치를 획득했습니다.

경험치가 오르자 슬쩍 떡대를 봤지만, 기다렸던 레벨 업 메시지는 떠오르지 않았다.

그런데 그때, 이안의 눈에 화염 마법을 시전하기 위해 주문을 외는 주술사의 모습이 들어왔다.

주술사의 머리 위에 시뻘건 표식이 활활 타오르기 시작했다.

'캐스팅 시간이 저렇게 길다는 건 엄청 큰 스킬이라는 말인데……'

이안은 다급히 활시위를 당겼다.

떡대가 레벨 업하기 이전에 저 스킬이 발동되어 버린다면 떡대의 생사를 장담할 수 없을 것 같았다.

"라이, 저놈부터!"

이안의 활시위를 떠난 화살이 빠르게 날아가 주술사의 어깨에 틀어박혔다.

하지만 주술사의 마법은 취소되지 않았다.

화르르르-!

주술사의 머리 위에 타오르던 불길이 사방으로 흩어지며 사라졌고, 떡대의 발밑에 커다란 불기둥이 솟아오르기 시작했다.

-소환수 '떡대'가 '포르칼 산적 주술사'의 '화염 분출' 스킬에 피해를 입습니다.

-소환수 '떡대'의 생명력이 초당 745씩 하락합니다.

일촉즉발의 상황, 화염 속성에 두 배의 피해를 입는 특성 탓에 별것 아닌 스킬에 너무 많은 타격을 받았다.

이대로라면 떡대는 5초 정도 후면 사망에 이를 것이다.

"안 돼!"

이안은 떡대의 레벨을 올리는 것을 포기하고 소환 해제를 위해 손을 뻗었다.

그런데 그때, 라이에게 공격당한 주술사가 사망하며 시스템 메시지가 울려 퍼졌다.

-'포르칼 산적 주술사'를 처치했습니다. 3,007의 경험치를 획득했습니다.

그리고 떡대의 몸이 하얗게 빛나기 시작했다.

-소환수 '떡대'의 레벨이 올랐습니다. 65레벨이 되었습니다.

'아자!'

이안은 쾌재를 불렀다.

기가 막힌 타이밍에 떡대의 레벨이 오른 것이었다.

물론 생명력은 최대치까지 차올랐다.

"이제 남은 놈들을 다 정리해 볼까?"

이안은 전류 증식 스킬을 다시 발동시키며 활시위를 당겼다.

그런데 뭔가 이상한 것이 느껴졌다.

'떡대의 몸에서 왜 하얀 빛이 사라지질 않지?'

원래 레벨이 오를 때 생기는 하얀 빛은 1~2초 정도면 허공으로 흩어진다.

그런데 떡대의 몸에 어린 하얀 빛이 사라지지 않고 오히려 점점 더 강해지는 것이 아닌가.

그리고 이안은 곧 무슨 상황인지 깨달았다.

'진화! 드디어 떡대가 진화를 하는구나! 떡대도 드디어 희귀 등급이 되는 건가?'

황급히 떡대의 상태창을 확인해 보니 진화 중이라는 문구가 눈에 들어왔다.

이안은 떡대가 진화하는 모습을 보며 입꼬리가 귀에 걸렸다.

"라이, 떡대에게 달려드는 놈부터 먼저 잡아!"

이안은 라이와 함께 떡대에게 달려드는 산적들을 필사적으로 막아 내었다.

그런데 곧 굳이 그럴 필요가 없다는 것을 깨달았다.

"크악!"

떡대에게 달려든 산적들이 알 수 없는 반발력에 의해 튕겨 나간 것이다.

그것을 본 이안은 한결 편한 마음으로 떡대의 진화를 지켜볼 수 있었다.

'과연 뭐가 될까?'

라이가 그랬던 것처럼, 떡대의 몸집도 점점 더 커지기 시작했다.

이안은 오랜만에 두근거림을 느꼈다.

진화 전 카일란의 최하위 레벨의 몬스터 '늑대'였던 라이가 진화 이후 보여 주었던 강력함을 생각하면, 제법 상위 레벨의 몬스터인 떡대의 진화는 또 어떤 모습일지 기대되는 것이 당연했다.

쿠구구궁-!

새하얀 빛으로 둘러싸인 떡대는 그렇지 않아도 거대했던 몸집이 1.5배 이상 자라났다.

　게다가 몸의 주위로 새파란 아우라 같은 것이 또렷하게 퍼져 나갔다.

　그리고 잠시 후, 서서히 빛이 걷히기 시작하며 이안이 기다리고 기다렸던 그 메시지가 떠올랐다.

　기다린 시간 자체는 그리 길지 않았지만, 이안이 느끼기에는 길고 긴 시간이었다.

　띠링─.

　─아이스 골렘 '떡대'가 어비스 골렘 으로 진화했습니다.

　떡대의 진화체의 명칭을 들은 이안은 순간 뭔가가 떠올랐다.

　'어비스? 왠지 익숙한…… 아, 뿍뿍이!'

　뿍뿍이의 원래 명칭이 '어비스 터틀'이라는 것을 기억해 낸 것이었다.

　'아하, 심연의 섬과 관련된 몬스터가 유일 등급이 되면 어비스라는 수식어를 갖게 되는 건가?'

　그리고 이안이 이런저런 생각을 하는 동안 기분 좋은 시스템 메시지가 연달아 울려 퍼졌다.

　─소환수가 성공적으로 진화하여, '중급 훈련' 스킬의 숙련도가 상승합니다.

　─'중급 훈련' 스킬의 스킬 레벨이 상승하여 '고급 훈련'으로 업그레이드됩니다.

　─'고급 훈련' 스킬이 Lv.0으로 상승하였습니다(다음 레벨까지 98.7%).

숙련도가 속이 터지도록 오르지 않던 중급 훈련 스킬도 진화하면서 경험치가 올라가자 드디어 고급 훈련 스킬이 되었다.

이안은 기쁨을 만끽하며 달라진 떡대의 능력치를 확인하고 싶었지만, 산적들이 그러도록 놔두지 않았다.

"죽어라!"

이안은 속으로 투덜거렸다.

'아, 떡대 정보 창 빨리 확인하고 싶은데 이것들이 귀찮게 구네.'

그리고 활시위를 당기던 이안은 놀라운 광경을 목격해야 했다.

쾅- 콰콰쾅-!

돌연 떡대가 주먹을 뻗은 것이었다. 그리고 떡대의 주먹을 중심으로 무지하게 거대한 진동파가 전방을 향해 퍼져 나갔다.

게다가 진동파가 지나간 자리의 산적들이 모조리 떡대의 앞으로 끌려 들어오기 시작했다.

정확히는 떡대 앞에 생겨난 시퍼런 소용돌이 속으로.

-소환수 '떡대'가 '어비스 홀' 스킬을 시전합니다.

-'포르칼 산적'의 생명력이 175 감소했습니다.

-'포르칼 산적'의 생명력이 208 감소했습니다.

-'포르칼 산적'의 생명력이…….

이안의 입이 쩍 벌어졌다.

떡대가 시전한 어비스 홀에 영향을 받기 시작한 산적들이 버둥거리며 속절없이 빨려 들어갔기 때문이었다.

대미지로 떠오르는 숫자 하나하나의 크기 자체는 1~200 정도로 높은 편이 아니었지만, 1초에 거의 2~3번 정도 대미지가 빠르게 들어가다 보니 순식간에 1,000 이상의 생명력을 깎아먹은 것이었다.

그리고 잠시 후 쾅하는 거대한 굉음과 함께 떡대가 만들어 낸 심연의 소용돌이가 퍼져 나가며 커다란 폭발을 일으켰다.

-'포르칼 산적'의 생명력이 2,508 감소했습니다.

"와아……!"

폭발과 함께 떡대의 주변에 있던 모든 산적들이 회색빛이 되며 사라졌다.

가히 장관이라 할 수 있었다.

'물론 전류 증식으로 계속 지져 놔서 이미 생명력이 얼마 남지 않은 놈들이었지만…….'

아직 정보 창조차 확인하지 못했지만, 이안은 진화된 떡대의 성능이 기대 이상일 것임을 믿어 의심치 않았다.

"라이, 주술사 잡자!"

크르릉-!

이안과 라이는 홀로 남아 열심히 화염 마법을 캐스팅하는 주술사를 손쉽게 잡아 냈다.

주변을 지켜 주는 산적들이 있을 때나 까다로운 상대였지, 홀로 남은 주술사는 오히려 일반 산적보다 더 잡기 쉬운 적이었다.

그렇게 전투는 일단락되었고, 이안은 바닥에 털썩 주저앉았다.

"후우, 힘들다, 힘들어. 그래도 떡대가 진화도 하고, 뿌듯하네."

이안은 한계치까지 몰아붙인 자신의 사냥 결과에 무척이나 흡족했다.

"그나저나 떡대는 레벨이 올라서 진화한 거겠지? 65레벨이 진화 조건이었던 거고."

그 외에 달리 설명할 길이 없었다.

그렇다면 20레벨에 진화한 라이는 진회 조건이 20레벨 이하였다는 이야기였다.

'일단 떡대 정보 창이나 확인해 보자.'

이안은 기대되는 마음으로 떡대의 정보 창을 열었다.

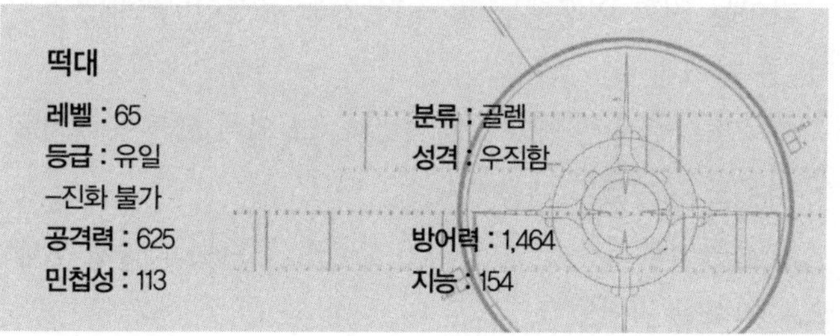

생명력 : 31,456/31,456   마력 : 4,765/4,765
고유 능력
ㅡ어비스 홀
전방으로 양 팔을 뻗어 원뿔 형태로 20미터 범위에 커다란 충격파를 쏘아 보낸다.
충격파가 쏘아지고 나면 10초간 전방에 심연의 소용돌이가 생성되며, 범위 내의 적들이 지속 시간 동안 소용돌이 안으로 빨려 들어오게 된다.
소용돌이에 영향을 받는 적들은 0.4초마다 공격력의 35%에 해당하는 피해를 입게 되고, 소용돌이의 지속 시간이 끝나면 소용돌이가 폭파하며 사방 10미터 이내의 적에게 방어력의 150%에 해당하는 피해를 입힌다.
(재사용 대기 시간 5분)
ㅡ심연의 보호
줄어든 생명력에 비례하여 추가로 방어력이 상승한다.
생명력이 10% 이하가 되면 10초 동안 최대 생명력의 50%에 해당하는 보호막이 발동한다.
심연의 호수를 수호하는 고대의 가디언이다.
거대한 몸집과 강력한 파괴력을 가지고 있다.

떡대의 정보를 본 이안은 살짝 시무룩해졌다.

'진화 불가'라는 문구가 가장 먼저 들어왔기 때문이다.

'라이는 진화 이후에도 또 진화 가능 옵션이 붙어 있었는데, 좀 아쉽네.'

하지만 아쉬움은 정말 잠깐이었다. 그 외에 모든 능력치들이 너무도 훌륭했기 때문이다.

일단 등급부터가 단번에 희귀 등급을 건너뛰고 유일 등급으로 진화한 것이었다.

‘캬, 방어력 미쳤네! 뿍뿍이만큼은 아니지만. 그래도 이 정도면 어지간한 공격력으론 박히지도 않겠는데.’

방어력뿐만이 아니었다.

진화하면서 체력도 3만이 넘어갔고, 이제 공격력도 제법 쓸 만한 수준이 되었다.

이안은 문득 라이의 능력치와 비교해 보고 싶어졌다.

‘라이 정보 창이나 한번 열어 볼까?’

그리고 능력치를 비교할수록 놀라움이 커졌다.

“와, 확실히 등급 차이가 나니까 비교가 안 되는구나.”

물론 라이의 능력치도 무척 훌륭했다.

공격력은 거의 900이었으며, 민첩성도 700이 넘는 수준이었다. 하지만 방어력이 1,461인 떡대와 비교하니 좀 떨어지는 것은 사실이었다.

‘그리고 어비스 홀? 이게 방금 전에 사용한 스킬인가?’

아이스 웨이브가 사라지고 그 자리에 생긴 스킬인 어비스 홀.

이미 스킬의 강력함은 확인했지만, 자세한 정보를 보니 더욱 마음에 들었다.

‘재사용 대기 시간도 크게 긴 편이 아니고…… 정말 유용하게 써 먹을 수 있는 스킬이겠어.’

마지막으로 심연의 보호 특성도 만족스러웠다.

그렇지 않아도 엄청난 떡대의 몸빵을 한층 더 강화시켜 주

는 특성이었으니, 정말 중요한 마지막 순간에 한 번 더 버텨
줄 수 있는 보험 같은 것이 생긴 셈이다.

한마디로 떡대의 탱킹을 좀 더 마음 편히 쓸 수 있게 된 것
이다.

"크, 좋다, 좋아."

진화된 떡대의 정보를 확인하며 잠시 휴식을 취한 이안은
자리에서 벌떡 일어났다.

없던 힘도 샘솟는 기분이었다.

"자, 이제 산채 본진을 털러 가 볼까?"

제법 많은 병력들을 유인해서 잡았으니, 이제 산채 본진에
는 남은 병력들이 많지 않을 것이다.

이안은 한층 가벼운 발걸음이 되어 걸음을 옮겼다.

그리고 떡대로 인해 한층 향상된 전투력을 갖게 된 이안은
순식간에 산채를 토벌해 나갔다.

원래의 계획대로라면 계속해서 계곡으로 유인해서 각개격
파를 했어야 하지만, 떡대 덕에 좀 더 과감한 선택을 할 수
있게 된 것이다.

"잠깐 쉬면서 치료 좀 하자."

한쪽 진영의 산적들을 모조리 잡아 낸 이안은 응급처치 스
킬을 시전한 뒤 바위에 걸터앉았다.

그러자 이안의 등에 매달려 있던 뿍뿍이가 등에서 내려와
쪼르르 기어서 이안의 앞에 앉았다.

뿍—!

뿍뿍이가 고개를 치켜들며 재촉하자, 이안은 피식 웃으며 인벤토리에서 미트볼을 꺼내었다.

“뿍뿍이, 너 미트볼 오후 할당량 이게 마지막인 거 알지?”

냉정한 이안의 말에 뿍뿍이는 시무룩해졌다.

뿍— 뿍—.

“그렇게 불쌍한 표정을 지어 봐야 소용없어.”

이안은 미트볼을 건네주었고, 뿍뿍이는 상심한 표정으로 미트볼 앞으로 다가갔다.

오늘의 마지막 미트볼이라니, 이 얼마나 슬픈 말인가.

그래도 미트볼을 먹기 시작하자 금방 표정이 밝아지는 뿍뿍이를 보며, 이안은 피식 웃었다.

‘귀여운 녀석, 다음에 하린 님 만날 땐 좀 더 맛있는 걸 만들어 달라고 부탁해 봐야겠어.’

하린에게서 받은 미트볼도 이제 일주일 정도면 다 떨어질 것 같았다.

이안은 포르칼 산맥을 넘기 전에 하린을 한번 만나야겠다고 생각했다.

‘산맥 근처 마을 귀환석은 이미 사 놨으니까.’

응급처치 스킬을 열심히 돌려서 모든 소환수들의 생명력을 전부 회복시킨 이안은 다시 걸음을 옮겼다.

“일단 그 전에 70레벨 찍는 게 우선이지.”

목적지는 중앙 산채였다.

　보이는 몬스터들을 닥치는 대로 사냥하며 중앙 산채로 이동하던 이안은, 산 중턱에서 운 좋게 희귀 등급의 몬스터인 '클로피아'를 발견할 수 있었다.

　정말 기대조차 않았던 우연한 만남이었다.

　클로피아는 새하얀 깃털을 가진 커다란 맹금류 몬스터였는데, 포르칼 산맥에만 서식하며 개체수가 무척이나 적어 찾기 힘든 몬스터로 유명했다.

　원래 유저들 사이에서 클로피아가 유명한 이유는 클로피아만이 드롭하는 특별한 아이템 때문이었다.

　클로피아를 사냥하면 가끔 드롭되는 '클로피아의 깃털 장식'이 그것이었는데, 이 아이템에는 마법사들의 마법 캐스팅 속도를 빠르게 해 주는 특수한 옵션이 붙어 있었다.

　마법 캐스팅 속도가 빨라진다는 것은 곧 마법사들의 딜양이 늘어난다는 소리와 일맥상통했기 때문에, 한때 대부분의 마법사들이 클로피아를 눈에 불을 켜고 찾으러 다녔던 적이 있었다.

　'지금은 클로피아의 깃털 장식이 아니더라도 캐스팅 속도를 증가시켜 주는 다른 아이템들이 많이 나왔기 때문에 좀

시들해지긴 했지만 말이지.'

이안은 클로피아를 포획하면서 속으로 중얼거렸다.

70레벨이 넘는 희귀 등급의 몬스터였기 때문에 조금 애를 먹긴 했지만, 15분여 정도 씨름한 끝에 결국 포획하는 데 성공했다.

'휴, 통솔력 여유가 별로 없구나, 이제.'

그동안 항상 넉넉했던 통솔력이었지만, 희귀 등급에 레벨도 이안보다 높은 이 녀석은, 제법 높은 통솔력을 필요로 했다.

그러자 자연스럽게 봉인되어 있는 '드래곤 테이머의 깃털 장식'의 능력치들이 생각났다.

'하루빨리 머리 장식에 붙어 있는 봉인을 다 풀어야 하는 데…….'

이안은 투덜거리며 클로피아의 정보창을 확인했다.

클로피아

레벨 : 72 분류 : 맹금류
등급 : 희귀 성격 : 소심함
－진화 불가
공격력 : 467 방어력 : 275
민첩성 : 1,052 지능 : 347
생명력 : 15,760/15,760 마력 : 7,950/7,950
고유 능력
－바람 타기
클로피아는 바람의 결을 느낄 수 있는 능력을 가지고 있다.
5초 이상 공격받지 않고 날면 이동 속도가 70% 빨라진다.

클로피아의 정보창을 읽어 내려가던 이안은 씨익 웃었다.

'역시, 내 짐작대로였어.'

이안의 시선은 클로피아의 월등한 민첩성에 고정되어 있었다.

클로피아의 능력치는 반절이 민첩성에 몰려 있었다.

이안은 바로 이 부분 때문에 클로피아를 포획한 것이었다.

이안은 클로피아를 소환했다.

"클로피아 소환!"

이름은 짓지 않고 그대로 클로피아라는 이름을 사용하기로 했다.

'어차피 한동안만 쓸 녀석이니까.'

이안이 클로피아를 잡은 이유는 한동안 빙의 스킬로 자신의 민첩성을 뻥튀기시켜 줄 몬스터가 필요했기 때문이었다.

하지만 오래 쓸 수는 없었다.

어차피 빙의되어 있는 몬스터는 레벨이 오르지 않았기 때문에 레벨 차이가 많이 나게 되면 새로운 몬스터를 잡아다 빙의 셔틀로 써야 했다.

'괜히 이름 지어 줬다가 정들라.'

그런 의미에서 클로피아는 '빙의' 스킬의 스킬 레벨도 올릴 겸, 민첩성 능력치에도 도움을 줄 만한 딱 적당한 몬스터였다.

이안은 클로피아에게 빙의 스킬을 사용했다.

"오, 생각보다 더 좋은데?"

그동안 빙의 스킬 레벨을 올리기 위해 아무 몬스터나 빙의해서 쓰다가 그래도 능력치가 준수한 녀석을 빙의하니 확실히 체감이 달라졌다.

'기왕 숙련도 올리는 김에 도움이 더 될수록 좋은 거니까.'

평소 사냥에서야 주력 소환수가 빙의되어 있는 것보다 직접 전투하는 것이 더 효율이 좋다는 것은 증명되었다.

하지만 주력 소환수의 생명력이 바닥이 되었을 때 빙의 스킬을 사용하여 캐릭터의 능력치를 올려 준다거나, 캐릭터의 생명력이 얼마 남지 않아 위험할 때 떡대 같은 소환수를 빙의시켜 일시적으로 최대 체력과 방어력을 늘려서 위기를 모면하는 등 빙의 스킬의 활용도는 많았기 때문에 숙련도는 꾸준히 올려야 했다.

뜻하지 않게 괜찮은 소환수를 얻은 이안은 가벼워진 발걸음으로 다시 중앙 산채를 향해 움직였다.

쿠오오오-!

떡대의 주변으로 시퍼런 소용돌이가 몰아치기 시작했다.

어비스 홀 스킬이 발동한 것이다.

이안은 재빨리 들고 있던 활을 인벤토리에 집어넣고 너클로 무기를 교체했다.

'확실히 어비스 홀이 발동한 뒤부터는 너클의 효율이 좋은 것 같단 말이지.'

너클이 활에 비해 좋은 점은 크게 두 가지였다.

전류 증식으로 생기는 전류 구체가 두 개나 된다는 점, 그리고 감응으로 소환수들의 스킬을 끌어다 쓸 수 있다는 점이다.

운이 좋아 어비스 홀이 터진 직후에 한 번 더 감응으로 인해 어비스 홀이 발동되기라도 하면 거의 20초 동안 광역 메즈(Mez, Mesmerize에 기원을 둔 용어로 게임에서 적 또는 상대방을 무력화시키는 행동 혹은 기술을 뜻한다)가 발동하는 것이었다.

어비스 홀에 끌려 들어와 다닥다닥 붙어 버린 적들의 중심으로 전류 증식을 던지면 튕겨 나가는 후속타를 여러 번 맞히기도 쉬웠고, 적들은 혼란에 빠지기 때문에 엄청난 시너지 효과가 생겼다.

바로 지금처럼.

"전류 증식!"

이안이 양손으로 던진 전류의 구체가 산적들이 뭉쳐 있는 중심으로 날아가 터졌다.

이미 전류 증식을 맞히는 데 도가 튼 이안에게, 어비스 홀로 인해 움직임조차 자유롭지 않은 타깃을 맞히는 것은 식은

죽 먹기였다.

-'전류 증식' 스킬을 명중시켰습니다. '포르칼 산적'에게 1,579의 피해를 입혔습니다.

-증식된 전류가 '포르칼 산적'에게 465의 추가 피해를 입혔습니다.

증식된 전류 주변으로 산적들이 옹기종기 모여 있는 형국이었기 때문에, 후속타는 거의 한계치까지 계속해서 터져 나왔다.

-'포르칼 산적'이 '마비' 상태에 빠집니다.

-'포르칼 산적'의 움직임이 30% 느려지며, '전격' 속성의 공격에 50%의 추가 피해를 입습니다.

-'전류 증식'의 재사용 대기 시간이 초기화됩니다.

정령 마력이 전부 소모될 때까지 이안은 연달아 전류 증식을 퍼부었다.

지직- 지지직-!

산적들을 신나게 쓸어 담은 이안은 자아도취에 빠졌다.

'크으, 역시 몰이사냥이 사냥의 백미지.'

초기화 전 궁수로 답답하게 하나하나 사냥할 때는 느끼지 못했던 쾌감이 느껴졌다.

물론 궁수도 광역 대미지를 줄 수 있는 공격 스킬도 있었고, 함정 같은 것을 설치하는 방식으로 한 번에 여러 마리의 적을 사냥할 수 있기는 했다.

그러나 지금 이안이 사냥하는 것만큼 많은 숫자의 적을 몰아서 사냥할 수 있는 수준은 아니었다.

'그래도 역시 광역 딜의 부재가 조금 아쉽긴 하네.'

이렇게 순조롭게 사냥하고 있음에도, 이안은 또다시 아쉬움을 느꼈다.

그리고 문득 신규 몬스터 정보에서 봤었던 라바 위치가 생각났다.

'원래 계획대로라면 80레벨이 되기 전에는 잡으러 가지 않으려 했던 놈이지만, 떡대도 진화했으니 산채만 다 털고 나면 잡으러 가 볼까?'

포르칼 산맥을 넘으면 동쪽 끝으로 가기 전 '작열의 대지'라는 맵이 나온다.

그리고 작열의 대지에는 지하 던전이 있었는데, 그곳이 바로 라바 위치가 발견되었다는 곳이었다.

작열의 대지 지하 던전에는 원래 '라바 스폰(Lava Spawn)'이 서식한다.

라바 스폰은 이름 그대로 '용암을 낳는 알'이라고 불릴 만한 몬스터였다.

평소에는 화염 속성의 원거리 공격을 하다가 생명력이 반절 이하로 줄어들면 개체가 둘로 나뉘어 증식되며 4분의 1 정도의 생명력이 회복되는 좀비 몬스터였다.

이 라바 스폰들의 레벨은 70 초반 정도로 산적들보다 크게 높은 수준은 아니지만, 떡대가 진화하기 전이라면 상대하기 힘들었을 것이다.

진화하기 전의 떡대는 화염 마법에 무척이나 취약해서 산적 주술사의 하급 화염 스킬에도 큰 피해를 입었으니까.

하지만 이제 어비스 골렘으로 진화한 떡대는 화염 마법에 전혀 약점을 가지고 있지 않았다.

그랬기 때문에 70레벨만 찍고 나면 충분히 라바 스폰들을 뚫고 들어가 라바 위치의 포획 노가다를 해 볼 만해진 것이었다.

"웃차!"

새로운 몬스터를 잡을 생각을 하자 신이 난 이안은 흥에 겨워 산적들을 소탕했다.

'자, 이쯤에서 다시 활로 바꿔 들어 볼까?'

순조롭게 한 무리의 산적들을 전부 사냥하고 나자, 이안은 다시 무기를 바꿔 들었다.

이제 다시 여기저기 산재해 있는 산적들을 몰아와야 했는데, 몰이를 하는 동안은 활을 들고 다니며 원거리에서 공격하는 것이 효율적이라는 판단에서였다.

덤으로 재사용 대기 시간도 빠르게 줄어들게 할 수 있을 것이었다.

"떡대, 라이, 이쪽으로 가 보자."

이안은 멀찍이 보이는 산적 몇에게 활을 쏴 유인하며 천천히 산채의 심장부 쪽으로 이동했다.

그리고 드디어 산채의 채주 격인 두목 산적을 만날 수 있었다.

'찾았다!'

선명한 보랏빛으로 쓰여 있는 '포르칼 산적 두목'이라는 글귀를 본 이안은 속으로 탄성을 질렀다.

그러나 곧, 이안은 뭔가 이상함을 느꼈다.

'뭐야, 그런데 저거 레벨이 왜 저래?'

이안은 멈칫했다.

순간 등줄기를 타고 식은땀이 흘러내렸다. 산적 두목의 레벨이 무려 80레벨이었던 것이다.

'아니, 초기화 전에 잡았을 땐 분명 75레벨 정도였던 걸로 기억하는데.'

하지만 당황은 잠시, 이안은 냉정히 판단했다.

'한번 해볼 만해.'

중앙 산채로 오는 도중에 얻은 클로피아를 빙의한 덕에 캐릭터의 순발력도 많이 올라서 여차하면 몸을 뺄 수도 있을 것 같았다.

그리고 이안의 시선이 산적 두목의 무기를 향했다.

산적 두목은 활을 들고 있었다.

원거리형 몬스터인 것이다.

'탱킹형 보스로 등장했다면 여기서 빼는 것이 옳았겠지만, 원거리형이라면 놈만 먼저 공격해서 빠르게 잡는다!'

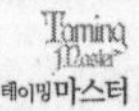

원거리형 몬스터들의 가장 큰 특징은 낮은 생명력이었다.

'80레벨 정도 보스 몬스터인데 원거리형이라…… 생명력은 어림잡아 3만 정도 되겠네.'

싸우기로 마음을 정한 이안은 떡대에게 명령했다.

"떡대야, 어비스 홀!"

그르릉-.

떡대가 어비스 홀로 산적들을 묶기 시작하자 이안은 전류 증식을 난사했다.

산적 두목을 잡기 전에 먼저 주변에 걸리적거리는 일반 산적들의 발을 묶어야 했다.

그리고 산적 두목에게까지 마비 스킬이 걸리자, 이안은 재빨리 생각해 놨던 명령을 내렸다.

"라이, 떡대 타고 넘어서 두목 먼저 잡자!"

이안이 명령을 내렸고, 라이는 지체 없이 두목을 향해 몸을 날렸다.

하지만 산적 두목도 가만히 있지는 않았다.

"이놈들, 나를 우습게 보는구나!"

산적 두목이 크게 소리치자, 그의 주변으로 누런 기의 파동이 퍼져 나가며 모든 산적들에게 광역 버프가 걸렸다.

'아씨, 광역 버프가 있을 줄은 몰랐네.'

광역 버프 스킬도 보통 탱킹형 보스가 주로 가지고 있는 스킬이었기 때문에 조금은 의외의 상황이라고 할 수 있었다.

‘최대한 빨리 잡아 버려야겠어.’

80레벨대 원거리 보스몹에게 제대로 공격 스킬을 허용하면 생명력이 순식간에 뭉텅뭉텅 빠져나갈 것이다.

이안은 약점 포착 스킬을 발동시켰다.

“라이, 잠재 능력 폭발! 광폭화!”

이안은 라이에게 모든 버프를 몰아 걸었다. 그리고 라이는 일시적으로 무지막지한 공격력을 갖게 되었다.

-‘광폭화’ 효과로 인해 소환수 ‘라이’의 공격력과 민첩성이 15분간 30% 증가하며, 방어력이 30% 하락합니다.

-‘잠재 능력 폭발’ 스킬을 사용합니다.

-소환수 ‘라이’의 잠재력에 비례해 ‘라이’의 능력치가 상승합니다.

-‘라이’의 능력치가 1분 20초 동안 92%만큼 추가로 상승합니다.

이안이 버프를 받은 라이의 공격력을 슬쩍 확인해 보니, 무려 2,260이라는 엄청난 수치였다.

‘라이야, 보여 줘!’

이안은 라이를 겨냥하는 산적 두목을 방해하기 위해 재빨리 활시위를 당겼다.

쐐애액-!

허공을 가로지른 이안의 화살은 라이를 조준하던 산적 두목의 팔목에 정확히 틀어박혔다.

궁사의 명중률 보정 스킬이 없음을 감안하면 정말 신기에 가까운 솜씨였다.

크르릉–!

그리고 그 틈을 놓칠 라이가 아니었다.

–소환수 '라이'가 '포르칼 산적 두목'에게 치명적인 피해를 입혔습니다.

–포르칼 산적 두목의 생명력이 6,018 감소합니다.

–'포르칼 산적 두목'에게 치명적인 피해를 입혀 5초간 공격력이 추가로 상승합니다.

–포르칼 산적 두목이 '출혈' 상태에 빠졌습니다. 매 초당 1,203의 피해를 추가로 입습니다.

"좋아!"

연달아 떠오르는 시스템 메시지를 보며 쾌재를 부른 이안은 후방에서 지원사격을 했다.

마음 같아서는 너클로 장비를 바꿔 착용한 뒤 근접해서 돕고 싶었지만, 라이와 같은 점프력이 없는 이안으로서는 산적들을 뚫고 안쪽으로 들어갈 수가 없었다.

그것은 민첩성과는 또 다른 문제였다.

"이 똥개 자식이!"

산적 두목은 분노하며 주먹을 휘둘렀다.

하지만 라이는 잘 피해 가며 추가 공격을 성공시켰다.

–소환수 '라이'가 '포르칼 산적 두목'에게 치명적인 피해를 입혔습니다.

–포르칼 산적 두목의 생명력이 7,823 감소합니다.

치명타가 연이어 터져 나왔다.

광폭화로 인한 추가 공격력 상승 덕에 더 강력한 대미지가 들어갔다.

출혈은 중첩되지 않는 상태 이상 효과였기 때문에 추가로 발동되지 않았다.

하지만 라이는 순식간에 산적 두목의 생명력을 반 이상 떨어뜨려 놓았다.

이안은 예상보다 더 쉽게 풀리자 속으로 쾌재를 불렀다.

'좋아, 조금만 더!'

이안은 떡대와 함께 자신의 앞에 있는 산적들을 상대하며 라이를 힐끔힐끔 쳐다보았다.

그런데 생각보다 쉽게 끝날 줄 알았던 라이와 산적 두목의 싸움이 생각보다 길어지고 있었다.

활을 든 궁수답게, 보스 몬스터인 산적 두목이 무척이나 민첩했던 것이다.

처음 두 번의 공격을 허용한 후 산적 두목은 좀처럼 라이의 공격에 당해 주지 않고 있었다.

그리고 곧, 라이도 공격을 한 방 허용하고 말았다.

-소환수 '라이'가 산적 두목에게 피해를 입었습니다.

-소환수 '라이'의 생명력이 5,956 감소합니다.

시스템 메시지를 본 이안은 정신이, 번쩍 들었다.

'활을 맞은 것도 아니고 근접 공격에 당했는데 6천이나 대미지가 들어온다고?'

광폭화 스킬로 인해 라이의 방어력이 떨어질대로 떨어져

있었기 때문에 많은 피해를 예상하긴 했지만, 이건 생각보다 훨씬 위험했다.

'아무래도 처음에 보스가 광역으로 걸었던 버프가 공격력과 관련 있는 버프였던 것 같네.'

이안은 다급히 떡대에게 명령했다.

"떡대, 날 저쪽으로 좀 던져 줘!"

돌발적인 명령에 떡대는 잠시 멈칫했다.

"빨리!"

하지만 이안의 이어지는 재촉에 떡대는 손을 앞으로 내밀었고, 그 위에 이안이 올라타자 있는 힘껏 이안을 던졌다.

'일단 잡고 본다!'

이안은 허공으로 떠오른 상태에서 계속해서 화살을 날렸다.

산적 두목은 라이와 격전 중이었기 때문에, 이안의 화살까지 신경 쓰지는 못했다.

퍽- 퍽-!

화살은 명중했지만, 무방비 상태로 바닥에 떨어진 이안은 피해를 입었다.

-높은 지점에서의 낙하로 인해 2,352의 피해를 입었습니다.

하지만 이안은 당황하지 않고 바닥을 한 번 구른 뒤 재빨리 무기를 너클로 바꿔 들었다.

'감응 능력만 발동되면 좋겠는데…….'

전류 증식 스킬을 시전하여 양손에 전류 구체를 쥔 이안은 지체 없이 산적 두목을 향해 달려들었다.

조금만 더 시간을 끌면 주변의 산적들이 다가와 무척 곤란한 상황이 될 것이었다.

그리고 셋의 치열한 난투전 끝에 이안이 원했던 '감응' 능력이 발동되었다.

-'고대 소환술사의 강철 너클'이 '감응' 능력을 발동시킵니다.

-소환수 '떡대'의 '어비스 홀' 능력을 빌려 옵니다.

고오오오-!

이안의 손 끝에서 커다란 파동이 퍼져 나갔다.

그리고 그 파동에 산적 두목뿐 아니라 그를 돕기 위해 다가온 다른 산적들도 빨려 들어가기 시작했다.

실로 절묘한 타이밍이었다.

'됐어!'

그리고 산적 두목의 움직임이 묶이자, 라이는 득달같이 달려들어 그의 목덜미를 물어뜯었다.

크르릉-!

그리고 그것은 이 아슬아슬한 전투의 마침표였다.

"으아악!"

-포르칼 산적 두목을 처치했습니다. 18,500의 경험치를 획득했습니다.

보스 몬스터다운 막대한 경험치였다.

이안은 뿌듯함을 만끽하고 싶었지만, 지체할 시간이 없었다.

산적 두목과의 전투 도중 제법 큰 피해를 입어서 그와 라이 모두 생명력이 얼마 남지 않았기 때문이었다.

그는 재빨리 회색빛으로 변한 산적 두목의 사체로 다가가 아이템을 회수했다.

－영웅 몬스터 '포르칼 산적 두목'으로부터 5,914골드를 획득합니다.

－'포르칼 산적의 패기' 아이템을 획득합니다.

'포르칼 산적의 패기' 아이템은 포르칼 세트 중 가장 나오지 않는다는 장신구 부위의 세트 아이템이었다.

이안이 쓸 만한 아이템은 아니었지만, 기사나 전사 유저에게 제법 비싼 가격에 팔 수 있는 고가의 물품을 획득한 것이었다.

'이제 여길 무사히 빠져 나가기만 하면 돼……!'

뜻하지 않았던 소득까지 챙긴 이안은 시야를 넓혀 빠져나갈 방법을 생각했다.

지금의 생명력으로 남은 산적들과 싸운다는 것은 만용에 가까웠다.

"라이, 떡대가 있는 쪽으로 뛰어!"

이안이 명령하자, 라이는 떡대에게로 빠르게 뛰기 시작했고, 이안은 그와 반대 방향으로 달리기 시작했다.

'자, 이러면 내 쪽으로 쫓아오겠지?'

그리고 이안의 예측대로 산적들의 AI는 유저를 우선으로 쫓아오게 설계되어 있었다.

라이와 이안의 거리가 점점 벌어지기 시작했다.

그리고 잠시 후 충분한 거리를 확보했다고 느낀 이안은 즉시 스킬을 발동시켰다.

"공간 왜곡!"

공간 왜곡으로 인해 이안과 라이의 위치가 바뀌었다.

하지만 이안은 라이를 희생시키거나 할 생각으로 스킬을 발동시킨 것이 아니었다.

이안은 연달아 외쳤다.

"라이, 떡대, 소환 해제!"

그러자 전장 한복판에 갇힌 떡대와 라이는 손쉽게 그곳을 벗어날 수 있었다.

동시에 새하얀 빛 속으로 사라진 라이와 떡대가 즉시 아공간으로 이동되었기 때문이다.

등에 메고 있던 뿍뿍이마저 소환 해제시킨 이안은 가벼운 몸이 되어 냅다 달리기 시작했다.

'클로피아 덕에 몸이 가볍네.'

민첩성이 1천이 넘는 클로피아가 빙의된 이안의 움직임은 무척이나 빨랐다.

모든 주력 소환수들을 소환 해제했으니 이제 전장을 벗어나면 최소 30분은 사냥을 할 수 없었다.

'아직 70레벨까지는 찍지 못했지만, 이 정도면 그래도 많은 소득이 있었으니까.'

이안은 마을로 향했다.

하린을 만나 소환수들의 사료를 공급받고 다시 포르칼 산맥으로 올 계획이었다.

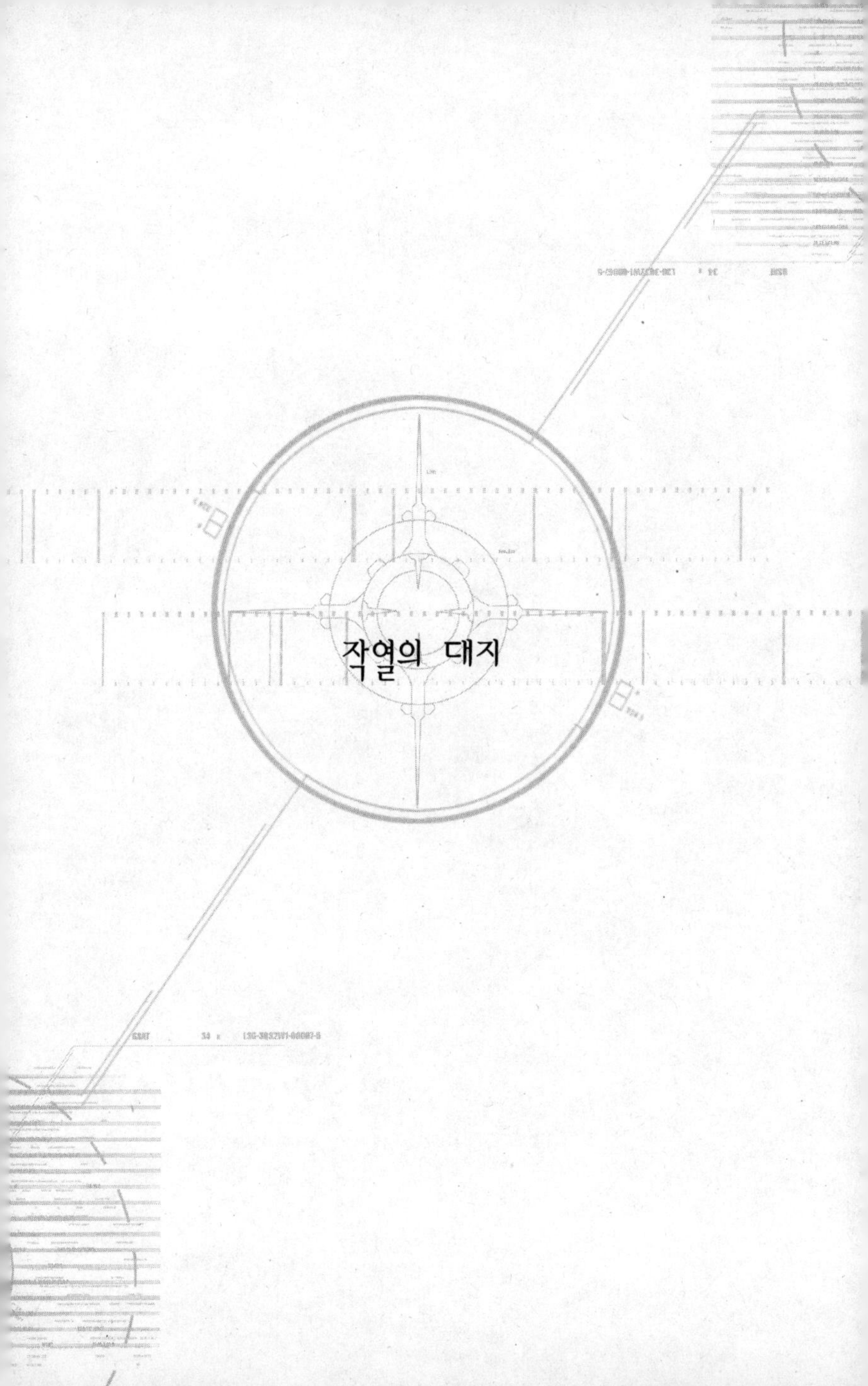
작열의 대지

Taming
Master

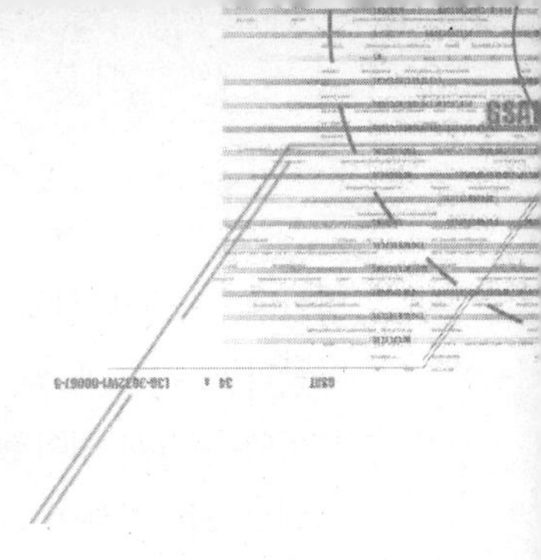

마을에 도착한 이안은 하린에게 메시지를 보냈다.

—이안 : 하린 님 뭐 하고 계세요?

그리고 다행히 접속 중이었던 하린에게서 곧바로 대답이
왔다.

—하린 : 아, 저 지금 카윈이랑 뮤란에 있어요.

—이안 : 카윈이랑요? 뮤란에서 뭐 하시는데요?

—하린 : 아, 저도 이번에 로터스 길드에 들어왔거든요. 그래서 카윈이
랑 같이 북부 거점지로 가려고 준비 중이었어요. 가기 전에 이것저것 살
재료들도 많아서 지금 경매장이에요.

하린의 말에 이안은 순간 조금 놀랐다.

'음, 하린 님 레벨 업 속도라면 아직 60도 안 되셨을 게 분

명한데, 어떻게 길드에 들어온 거지? 카윈과의 친분으로 들어왔나?'

이안은 잠시 의아했다.

헤르스는 친분이 있다고 해서 길드원을 쉽게 받아 주는 스타일은 아니었으니까.

절친한 친구인 자신이 처음 카일란을 시작했을 때도 레벨을 충분히 올리고 나서야 길드원으로 받아 줬었던 헤르스였다.

하지만 이안은 곧 이유를 깨달았다.

'아, 거점지 때문에 그렇구나. 거점지가 생기면 생산 스킬 레벨이 높은 유저들이 많이 필요하다고 했지!'

이안은 절로 고개를 끄덕였다.

생산 스킬로 한정한다면 하린 정도의 인재는 정말 찾기 힘들 것이다.

'잘됐네.'

이안은 다시 메시지를 보냈다.

ㅡ이안 : 와, 그렇구나. 하린 님, 잘됐네요. 제가 사냥하느라 바빠서 하린 님 길드에 들어오신 것도 모르고 있었어요.

ㅡ하린 : 그렇죠? 정말 잘됐어요. 헤르스 님이 저 레벨 업하는 것도 도와주신대요. 이제 정말 요리 스킬 숙련도 올리는 데만 집중할 수 있을 것 같아요!

레벨 업을 도와준다는 말은 아마 길드 파티에 끼워 준다는 이야기일 것이었다.

소위 말하는 버스.

'헤르스가 잘 생각했어. 하린 님 한 명 길드 파티에 끼워 준다고 해서 길드원 전체의 레벨 업 속도가 많이 느려지지는 않을 테니까.'

어떻게 생각하면 완전히 버스도 아니었다. 재료를 충분히 사 가지고 가서 요리만 지속적으로 공급해 줘도, 하린은 괜찮은 버퍼 역할을 할 수 있을 것이었으니까.

게다가 장기적으로 생각해 보면 하린의 레벨을 올려 주는 것이 길드 입장에서 무조건 이득일 것이었다.

요리 스킬에 재능이 있는 하린이 재능도 없고 흥미도 없는 사냥에 쓸 시간을 최대한 줄이면, 지금보다 더욱 빠르게 요리의 숙련도를 올릴 수 있을 것이었다.

고개를 주억기린 이안은 본론을 꺼내었다.

-이안 : 그런데 하린 님, 혹시 북부로 넘어가시기 전에 시간 좀 내주실 수 있으세요?

-하린 : 네? 시간요?

이안은 하린이 오해할까 봐 얼른 말을 덧붙였다.

-이안 : 네. 다른 게 아니고요, 하린 님이 주신 미트볼이 다 떨어져서요. 제가 먹을 요리는 아직 좀 남았는데, 미트볼이 모자라네요.

잠시 후 놀란 듯한 하린의 메시지가 날아왔다.

-하린 : 헐…… 그때 미트볼 정말 많이 만들어 드렸었던 것 같은데, 라이가 미트볼을 정말 좋아하나 봐요. 전 오히려 이안 님이 드실 요리가

모자랄 줄 알았거든요.

하린의 말에 이안은 절로 실소가 나왔다.

뿍뿍이가 생각났기 때문이었다.

-이안 : 그게, 제가 그새 식구가 좀 늘어서요. 하린 님의 미트볼을 정말 좋아하는 녀석이 하나 생겼거든요.

하린은 자신의 요리를 좋아하는 소환수가 생겼다는 말에 반색했다.

-하린 : 오, 정말요? 어떤 소환수인지 궁금해서라도 이안 님 뵙고 가야겠네요.

-이안 : 고마워요, 하린 님. 일단 경매장에서 일 보고 계시면 제가 뮤란으로 가겠습니다.

-하린 : 넵, 그러도록 할게요.

귀환석을 타고 뮤란으로 이동한 이안은 곧바로 경매장으로 향했다.

그리고 금방 하린과 카윈을 찾을 수 있었다.

"여, 이게 누구야, 이안 형!"

이안을 먼저 발견한 카윈이 후다닥 달려와 반가움을 표시했다.

"야, 까불이. 오랜만이네. 잘 지냈어?"

그리고 경매장에서 요리 재료들을 구매 중이던 하린도 반갑게 다가와 인사했다.

"와, 이안 님, 게임 안에서 더 오랜만이네요. 제가 루키 리그 관전하러 갔어야 했는데, 그간 과제 때문에 아예 접속을 못 했어요."

"아, 아니에요, 하린 님. 안 오시길 잘하신 거예요. 오셨어도 아마 제가 신경 못 써 드렸을 겁니다."

"무튼 축하해요, 이안 님."

그녀의 말에 문득 결승전이 다시 생각난 이안은 조금 슬퍼졌다.

"고마워요."

그리고 그의 시무룩한 표정을 느낀 하린이 웃으며 덧붙였다.

"준우승도 대단한 거죠. 너무 아쉬워 말아요."

하지만 이안은 아쉬운 표정을 숨기지 못하고 대답했다.

"음…… 그렇죠?"

그런데 그때, 두 사람의 대화를 듣던 카원이 놀란 표정이 되어 물었다.

"어, 게임 안에서 더 오랜만이라니? 두 사람 실제로 만난 적 있어?"

카원의 물음에 하린이 대답했다.

"응. 저번에 내가 학교 갈 일 있었는데 그때 이안 님 잠깐 불러냈었지."

카원은 질투에 찬 표정이 되었다.

"뭐? 나도 아직 하린 누나 만나 본 적 없는데, 저 형이 먼저 만났단 말이야?"

하린은 피식 웃었다.

"이안 님이랑은 같은 학교잖아."

"그래도 그렇지!"

"네가 서울 올라오든가. 한국대학교 놀러 오면 밥 사 준다니까."

"아니, 누나, 고딩이 무슨 돈이 있어서 서울까지 올라가! 차비도 없단 말이야."

이번에는 이안이 핀잔을 주었다.

"야, 엄살은 그만 떨고, 요즘 길드 근황이나 얘기해 봐. 다들 레벨은 많이 올렸어?"

이안의 말에 징징대던 카원은 머쓱했는지 뒷머리를 긁적였다.

"음, 이제 다들 95레벨은 넘었어. 피올란 님은 아마 100레벨도 넘으셨을걸."

이안은 고개를 끄덕였다. 대충 예상했던 정도의 레벨이었다.

'이제 최상위 랭커들은 120레벨도 넘었겠는데? 더 분발해야겠어!'

이안은 속으로 전의를 불태웠다.

그리고 길드원들의 소식을 듣고 나니 거점지가 잘 성장하고 있는지도 궁금해졌다.

"거점지는 어때? 주변 소탕은 잘돼 가?"

"말도 마. 처음엔 거점지가 넓다고 좋아하기만 했었는데, 마을 영향 범위가 같이 넓어져 버리니까 몬스터 사냥 어지간히 해서는 치안도 1 올리는 것도 힘들더라고."

"그렇구나. 거점지 빨리 보고 싶네."

카윈은 입을 삐죽이며 덧붙였다.

"형이 초기화만 안 했어도 더 수월하게 토벌 작업했을 텐데. 초기화는 왜 해 가지고……."

"조금만 더 기다려라, 인마. 형 이제 곧 초기화하기 전 전투력 다 복구한다."

이안의 정말 조금의 과장도 섞지 않고 그렇게 생각했다.

지금 이안의 레벨은 69, 그는 80레벨 정도에만 근접해도 초기화 전 궁사의 전투력과 맞먹을 정도의 능력을 발휘할 수 있을 것이라 생각했다.

지금 사냥 속도로 보름이면 80까지는 무리일지 몰라도 그 언저리까지는 갈 수 있을 것이었다.

물론 카윈은 곧이곧대로 듣지 않았지만.

"허풍은……."

"허풍 아니야. 나 이제 곧 70레벨이야."

“……?”

이안의 말에 카윈과 하린 둘 다 무척이나 놀란 표정이 되었다.

“아니, 투기장 끝난 지 이제 이 주일 정도 지난 것 같은데 69레벨이라고?”

이안이 어깨를 으쓱하자 카윈은 고개를 철레절레 흔들었다.

“아니, 이 형은 무슨 잠도 안 자고 레벨 업만 하나…… 하루에 1레벨도 더 올렸네, 미친.”

하린은 걱정스러운 표정으로 얘기했다.

“이안 님, 그러다가 수명 줄어들어요.”

이런저런 근황 이야기를 잠시 나누던 중 하린이 문득 생각난 것이 있는지 이안을 응시했다.

“그런데 이안 님. 제 미트볼 좋아한다는 새로운 친구 좀 보여 줄 수 있어요?”

“아, 뿍뿍이요?”

뿍뿍이라는 말에 하린은 의아한 표정이 되었다.

“네? 뿍뿍이가 이름이에요?”

이안은 웃으며 대답했다.

“네. 보시면 이름이 왜 뿍뿍이인지 알 수 있을 거예요.”

그리고 이안은 등에 매달려 있던 뿍뿍이를 내려놓았다.

“뿍뿍아, 나와 봐.”

이안이 부르자 등껍질 안에 들어가 있던 뿍뿍이가 머리를 빼꼼 내밀었다.

뿍―.

그 모습을 본 하린의 두 눈이 휘둥그레졌다.

"와, 엄청 귀여워요!"

한눈에 뿍뿍이의 귀여움에 반한 하린은 그 앞에 쪼그려 앉았다.

"안녕, 뿍뿍아?"

뿍뿍이는 처음 보는 하린의 얼굴에 고개를 픽 돌려 버렸다.

도도한 거북이 뿍뿍이다운 반응이었다.

차가운 뿍뿍이에게 상처받은 하린은 시무룩한 얼굴로 이안에게 물었다.

"이안 님, 뿍뿍이가 절 별로 마음에 안 들어 하나 봐요. 왜 이러죠?"

그리고 뿍뿍이의 주인인 이안은 정답을 알고 있었다.

"지금 뿍뿍이가 배가 고파서 그래요. 하린 님 만들어 놓으신 거 있으시면 하나만 줘 보세요. 미트볼 같은 거 있으세요?"

하린은 반색하며 인벤토리를 뒤지기 시작했다.

"잠시만요, 그렇지 않아도 숙련도 노가다하면서 만들어 놓은 게 있었는데…… 어디 보자…….""

그리고 하린이 꺼내 든 것은 이전의 미트볼들과는 조금 다른 노릇노릇한 색감을 가진 미트볼이었다.

밀가루를 덧입혀서 한 번 더 튀긴 듯했다.

"어, 미트볼 색깔이 좀 바뀌었네요?"

"네, 맞아요. 좀 더 맛있게 레시피를 개량했어요."

미트볼 주위로 피어나는 먹음직스러운 향기에 이미 뿍뿍
이는 시선은 떼지 못하고 있었다.

게다가 이안조차 기대에 찬 눈빛이 되었다.

"오오……."

"개량된 미트볼 이름은 '마약 미트볼'이에요. 제가 개발한
특제 소스를 표면에 얇게 펴 바르고 밀가루를 한 겹 덧씌워
서 튀겨 낸 거라 식감이 좋을 거예요. 비린 맛도 사라져서 이
제 이안 님이 드셔도 맛있을걸요."

자신 있게 자신의 신메뉴를 자랑한 하린은 다시 쪼그려 앉
았다.

그리고 미트볼을 뿍뿍이에게 내밀었다.

뿍-!

그러자 뿍뿍이는 기다렸다는 듯 미트볼을 낚아챘다.

하린에게서 미트볼을 가져간 뿍뿍이는 카윈까지 세 사람이
흥미롭게 지켜보는 가운데 그것을 오물오물 먹기 시작했다.

그리고 잠시 후.

뿍, 뿍!

두 눈을 감고 미트볼의 식감을 최후까지 음미하고 난 뿍뿍
이는 그 희열에 등껍질을 부르르 떨었다.

그리고 행복한 표정으로 하린의 앞에 쪼르르 달려가 머리

를 부볐다.

뿍- 뿍뿍!

시크했던 뿍뿍이는 오간 데 없이 사라졌다.

마약 미트볼을 갈구하는 식탐 거북이만 남았을 뿐이었다.

"뿍뿍이가 기분이 좋아졌나 봐요!"

고객의 격한 반응에 덩달아 기분이 좋아진 하린은 미트볼을 하나 더 꺼내기 위해 가방에 손을 올렸다.

하지만 그때, 이안이 그녀를 제지했다.

"하린 님, 더 주지 마세요. 뿍뿍이 버릇 나빠져요."

그 순간…….

찌릿-!

뿍뿍이가 두 눈으로 레이저라도 발사하듯 강렬히 이안을 째려봤다.

하지만 이안은 굳건했다.

"저한테 주시면 제가 뿍뿍이 배고파질 때마다 하나씩 잘 줄게요."

그 말에 하린은 고개를 끄덕이며 가방 안에서 도시락을 꺼내어 이안에게 건네었다.

"그래요. 그렇게 해요, 그럼. 이안 님이 뿍뿍이 잘 챙겨 주시겠죠, 뭐."

마약 미트볼이 수십 개는 들어 있을 것만 같은 도시락이 그대로 이안의 가방 속으로 들어가는 잔인한 광경이 펼쳐졌고, 뿍뿍이는 속절없이 그것을 지켜봐야만 했다.

뿍―.

눈 뜨고 보기 힘든 참혹한 광경에 뿍뿍이는 눈물이 흐를 것만 같았다.

옆에 서서 지켜보던 카윈이 뿍뿍이의 표정이 안쓰러웠는지, 이안에게 한마디 했다.

"형, 쟤 울 것 같아. 한 알만 더 주지그래?"

카윈의 말에 뿍뿍이의 그렁그렁한 눈망울이 다시 이안을 향했다.

정확히는 도시락이 들어간 이안의 가방을 본 것이지만.

하지만 이안은 단호하게 거절했다.

"안 돼. 한 알이 두 알 되고, 두 알이 세 알 되는 법."

그러면서 이안은 뿍뿍이를 슬쩍 쳐다보았다.

'이제 좀 달래 줘야겠지?'

그리고 슬쩍 걸음을 옮긴 이안은 뿍뿍이의 앞에 앉았다.

"뿍뿍아."

뿍―!

뿍뿍이는 고개를 팩 하고 돌려 버렸다.

자신을 방패로 처음 사용했을 때만큼 단단히 삐쳐 버린 것이었다.

"형 말 좀 들어 봐, 뿍뿍아."

뿍뿍이는 대답하지 않았지만, 이안은 말을 이었다.

"뿍뿍이 너, 세상에서 제일 잘생기고 멋진 거북이가 누군지 알아?"

뿍뿍이는 듣지 않는 척 가만히 있었지만, 이미 이안의 말에 귀를 기울이기 시작했다.

"저 북부 대륙에 빡빡이라는 거북이가 있는데, 그 거북이가 세상에서 가장 멋진 거북이라 하더라고."

뿍뿍이가 고개를 살짝 돌렸다.

그리고 믿을 수 없다는 표정을 짓고 있는 뿍뿍이에게 그는 나긋나긋한 목소리로 이야기를 이어갔다.

"이 형이 말이야, 그 말을 듣고 참을 수가 있어야지. 내가 알기로 우리 뿍뿍이만큼 잘생기고 멋진 거북이는 없는데 말이야."

이안의 입에서 나오는 멋진 거북 이야기는 카윈과 하린마저 빠져들게 만드는 마력을 가지고 있었다.

"그래서 형이 곰곰이 생각해 봤거든?"

꿀꺽-.

조용한 가운데 뿍뿍이의 침 삼키는 소리가 울렸다.

"뿍뿍이 네가 미트볼을 너무 많이 먹어서 요즘 살이 쪄서 그 빡빡이한테 밀리게 된 게 아닐까?"

뿍뿍이는 충격을 먹었다.

그렇지 않아도 요즘 살이 쪘는지 등껍질이 좁게 느껴졌던 것이다.

“그래서 이 마약 미트볼을 너에게 많이 줄 수가 없어, 뿍뿍아. 이 형 마음 이해하지?”

뿍……!

이안이 자신을 이렇게까지 생각해 주는지는 몰랐던 뿍뿍이 감동받은 얼굴로 이안의 손에 머리를 부볐다.

“그러니까 좀만 참아, 뿍뿍아. 형이 우주에서 제일 잘생긴 거북이로 만들어 줄게.”

주인과 소환수의 우정이 싹트는 광경을 보며, 카윈과 하린은 고개를 절레절레 저었다.

그리고 카윈이 작은 목소리로 중얼거렸다.

“저 사기꾼…….”

하린에게 충분한 지원을 받은 이안은 다시 포르칼 산맥을 넘기 위해 라이를 타고 이동하고 있었다.

이동 속도가 느린 떡대는 소환하지 못한 상태였지만, 한두 마리 정도씩 드문드문 등장하는 포르칼 산맥의 몬스터들을 잡아 내면서 이동하는 데는 라이만으로도 큰 무리가 없었다.

‘그런데 과연 하린 님에게 받은 마약 미트볼이 라바 위치에게도 효과가 있을까?’

하린은 자신이 만든 미트볼이 몬스터를 포획하는 데 효과가 있을지도 모른다고 이야기했다.

그리고 어느 정도는 일리 있는 말이었다.

이미 뿍뿍이에게 먹여 본 결과, 마성의 미트볼임을 확인할 수 있지 않았던가.

하지만 온몸이 시뻘건 용암으로 이루어진 라바 위치들도 미트볼을 좋아할지는 알 수 없었다.

왠지 떡대처럼 음식을 먹지 못할 수도 있다는 생각도 들었다.

"조금만 더 가면 포르칼은 빠져나갈 수 있겠어."

포르칼을 지나며 보이는 몬스터들을 꾸준히 잡은 결과, 이제 70레벨도 머지않은 상태였다.

던전에 들어가기 전에 작열의 대지에 등장하는 70레벨 초반대의 샌드웜들을 몇 마리 사냥하고 나면 가장 레벨이 낮은 뿍뿍이까지 전부 70레벨을 만들 수 있을 것 같았다.

그리고 이안의 생각대로 곧 포르칼 산맥이 끝나고 작열의 대지가 그 위용을 드러냈다.

"아오, 여기는 정말 들어갈 엄두가 안 나네."

건조함으로 인해 여기저기 쩍쩍 갈라진 황폐한 땅, 곳곳에 아지랑이가 올라오는 것이 보일 정도로 작열의 대지는 후덥지근했다.

'그냥 보기만 해도 땀이 나네. 떡대가 진화하기 전이었으면 타고 다니면 좀 시원했을 텐데……'

물론 떡대가 들었다면 질겁했을 말이었다. 아이스 골렘 시절의 떡대에게 더위란 곧 재앙이나 마찬가지였으니까.

어찌 되었든, 포르칼 산맥을 빠져나온 이안은 작열의 대지를 걷기 시작했다.

그리고 이안은 곧 너댓 마리 정도의 커다란 전갈 몬스터를 발견할 수 있었다.

이안도 익히 알고 있는 몬스터, '샌드 스콜피온'이었다.

이안은 잠시 고민했다.

'음, 떡대 없이는 힘들겠는데. 그냥 지나갈까 아니면 잡고 갈까?'

아직 이동할 거리가 많이 남았기에 떡대 소환은 최대한 미루려 했지만, 떡대 없이 70레벨대의 몬스터 여러 마리를 상대하는 것은 무리였다.

그렇다고 눈앞에 보이는 경험치를 무시하고 지나치자니 마음 한구석이 찜찜했다.

"떡대 소환!"

이안은 결국 전투하기로 마음먹었다.

쿵-.

육중한 소리와 함께 작열의 대지 한복판에 떡대가 소환되었다.

이전보다 더욱 커진 덩치 때문에, 소환되는 것만으로도 스콜피온들의 시선이 떡대에게로 집중되었다.

키이익-.

스스스슷-.

떡대를 발견한 스콜피온들이 빠른 움직임으로 이안 일행을 향해 부산히 다가왔다.

'저놈들은 맹독 공격만 조심하면 크게 문제 될 건 없으니까.'

스콜피온들의 맹독 공격은 무척이나 위협적이었다.

'맹독'은 일반적으로 카일란에 알려져 있는 독 공격 스킬인 '중독'의 업그레이드 버전으로, 이 공격에 당하면 추가로 고정 피해까지 입게 되기 때문이다.

카일란에서는 일반적인 중독 상태에 빠지면 초당 최대 체력의 1~2%의 피해를 입게 된다.

그런데 스콜피온들의 맹독은 최대 체력에 비례하는 피해를 주는 것은 물론, 추가로 대상의 독 저항력에 따라 500에서 많게는 1,500이 넘는 고정 피해를 더 입힌다.

쉽게 말해 중독 상태와 출혈 상태가 동시에 걸리는 효과 정도로 생각하면 되는 치명적인 상태 이상이 바로 '맹독'이었다.

그렇기에 높은 레벨의 유저라도 방심하면 순식간에 골로 갈 수 있는 위협적인 몬스터. 하지만 공략법도 물론 존재했다.

'저 꼬리부터 먼저 전투 불능 상태로 만들어 버리면 되지.'

스콜피온의 맹독이 발산되는 원천인 꼬리를 공격하여 일정 피해 이상을 입히면 더 이상 맹독이 뿜어져 나오지 않았다.

그렇기에, 상대법만 안다면 오히려 상대하기 수월한 몬스터가 스콜피온이기도 했다.

이안은 라이에게 명령했다.

"라이야, 먼저 들어갔다가 독에 당하면 낭패니까, 일단 대기하고 있어."

크르릉―.

"그리고 둔화 효과 걸리고 떡대 스킬까지 들어가고 나면 꼬리부터 공격해. 알겠지?"

라이의 우월한 민첩성 때문에 어지간하면 맹독 공격을 허용하지는 않을 것이었지만, 한 방이라도 허용하면 낭패였기 때문에 이안은 신중히 명령했다.

크릉― 크릉―.

라이가 고개를 끄덕였고, 이안은 활시위를 당겼다.

이미 스콜피온들은 떡대의 지근거리까지 다가온 상태였다.

이안은 떡대에게 명령을 내렸다.

"떡대, 어비스 홀!"

그리고 떡대의 양팔에서 예의 그 진동파가 퍼져 나가기 시작했다.

쿵― 쿠쿠쿵―!

키이이익―!

스콜피온들이 어비스 홀에 빨려 들어가기 시작하자, 둔화 효과 증식을 발동시킨 이안은 활시위를 놓았다.

피이잉―!

지지직-! 지직!

이안은 단 한 발의 둔화 효과 증식으로 다섯 마리 중 네 마리의 스콜피온을 적중시켰고, 두 마리에게서 곧바로 마비 효과가 터져 나왔다.

어비스 홀로 인해 스콜피온들이 다닥다닥 붙어 있었기 때문에 가능한 것이었다.

-'스콜피온'이 '마비' 상태에 빠집니다.

-'스콜피온'의 움직임이 30% 느려지며, '전격' 속성의 공격에 50%의 추가 피해를 입습니다.

-'둔화 효과 증식' 스킬의 재사용 대기 시간이 초기화됩니다.

이안은 계속해서 화살을 날렸다.

그리고 약점 포착이 발동되자, 라이가 재빨리 몸을 날렸다.

"라이, 가장 왼쪽에 동떨어져 있는 녀석 먼저!"

라이는 이안이 명령을 내린 대로 영리하게 움직였고, 둔화 효과와 어비스 홀의 인력 때문에 움직임이 자유롭지 못한 스콜피온은 라이의 날카로운 이빨을 피할 수 없었다.

-소환수 '라이'가 스콜피온의 꼬리를 공격해 치명적인 피해를 입혔습니다.

-스콜피온에게 3,007의 피해를 입혔습니다.

-'스콜피온의 꼬리'가 전투 기능을 상실했습니다.

단 한 방에 꼬리를 전투 불능으로 만들어 버리는 라이의 공격력에 이안은 만족스러운 표정을 지었다.

‘초기화 전에 궁사로 싸울 땐, 저 꼬리 맞힌다고 정말 애를 먹었었는데.’

이안은 소환술사의 장점 중 하나가, 소환수들과 소환수들의 스킬을 입맛에 맞게 조합해서 높은 시너지 효과를 낼 수 있는 것이라고 생각했다.

그리고 이 장점이 다른 많은 단점들을 상쇄시켜 줄 수 있다고 느꼈다.

“전류 증식!”

이안의 활시위를 떠난 화살이 교묘하게 스콜피온들의 사이로 파고들어 가 중앙에 위치한 스콜피온의 몸통에 작렬했다.

자연스럽게 퍼져 나가는 증식된 전류 덩어리들은 모두 주변 스콜피온들에게 적중되었고, 여러 번 튕기며 피해를 입힌 뒤 사라졌다.

운도 따르기는 했지만, 이안의 전류 증식 컨트롤 역시 달인의 경지에 올랐다.

그리고 이안은 계속 화살을 날리는 와중에도 떡대와 라이에게 세세한 지시를 내렸다.

“떡대는 독침에 안 맞게 뒤로 살짝 빠지고 라이, 저 맨 앞에 스콜피온이 마비가 안 걸렸으니까 저거부터 공격해!”

이안의 멀티태스킹 능력은 놀라울 정도였다.

컨트롤이 어렵다는 것도 많은 유저들이 꼽는 소환술사의 단점 중 하나였다.

유저 캐릭터 하나만 잘 컨트롤하면 되는 일반적인 다른 직업들에 비해 상대적으로 손이 많이 가게 되고, 그러다가 오히려 본인의 캐릭터를 신경 쓰지 못해 어처구니없이 사망하는 사태도 많이 발생하는 게 소환술사였다.

하지만 이런 어려운 컨트롤 난이도도, 오히려 그것을 즐기는 이안에게는 단점도 아니게 되어 버렸다.

이안은 빠르게 다섯 마리의 스콜피온들을 제압했다.

"이제 떡대도 소환했으니, 작정하고 보이는 족족 다 잡으면서 움직여야겠어."

대충 정비를 마친 그는 다시 이동하기 시작했다.

그리고 3시간쯤 뒤, 이안은 작열하는 대지의 지하 던전에 도착할 수 있었다.

'어후, 이 안은 더 덥네. 아마 저 라바 스폰들 때문이겠지?'

이안은 지하 던전에 라바 위치를 잡기 위해 왔지만, 원래 지하 던전 대부분의 지역에 서식하는 몬스터는 라바 스폰이라는 녀석이었다.

지하 던전에 도착한 이안은 먼저 라바 스폰의 레벨부터 확인했다.

'레벨이 71, 73이라…… 상대하는 데 크게 무리는 없겠어.'

그의 기억대로 위치들의 레벨은 70초반 정도였다.

'그래도 방심하면 안 돼. 잘못해서 열 마리 이상 몰리기라도 하면 충분히 위험할 수 있는 놈들이야.'

라바 스폰은 하나만 상대할 때는 포르칼의 산적보다도 오히려 쉽게 해치울 수 있었다.

기본 공격으로 쏘아 내는 용암의 화염 공격력이 강력한 데 비해 생명력은 거의 종잇장 수준이었고, 증식할 수 있는 시간을 주지 않고 집중적으로 공격해 버리면 제대로 된 저항조차 하지 못하고 죽어 버릴 것이기 때문이다.

하지만 숫자가 많으면 달랐다.

한두 놈이 죽는 동안 다른 놈들의 증식이 시작되기라도 하면 몇 마리까지 늘어날 수 있을지 알 수 없었다.

강력한 광역 마법이 없는 지금, 그런 상황은 최대한 피해야 했다.

수십 마리가 된 라바 스폰들이 화염을 쏘아 대면 떡대라고 해도 오래 버티지 못할 정도로 강력한 위력을 보여 줄 것이었다.

'일단 거의 두셋 정도가 무리 지어 다니는 형국이네.'

이안은 조심스러운 움직임으로 던전 초입을 구석구서 살핀 뒤, 계획을 세웠다.

'일단 던전 최하층까지 내려가야겠어. 하층부로 내려갈수록 희귀 몬스터의 개체수가 많아질 테니까.'

지금 이안이 있는 최상층에는 단 한 마리의 라바 위치도 보이지 않았다.

하층부로 내려가면 아마 만날 수 있을 것이었다.

그리고 떡대까지 유일 등급으로 진화하고 나니, 욕심이 좀 더 생겼다.

'그냥 희귀 등급의 라바 위치 말고 유일 등급이나 더 대단한 놈이 혹시 있지는 않을까?'

커뮤니티의 신규 몬스터 정보 게시판에는 라바 위치의 정보만이 올라와 있었지만, 그렇다고 해서 다른 새로운 몬스터가 존재하지 않으리라는 보장은 없었다.

이안은 기대에 차서 걸음을 옮기기 시작했다.

"떡대, 조심스럽게 뒤따라와. 네가 앞에서 너무 시선을 끌어 버리면 라바 스폰들이 죄다 몰려들 수도 있으니까."

드르륵-.

떡대는 살짝 고개를 끄덕이는 것으로 의사를 표현했다.

그리고 이안은 라이를 앞세워 천천히 앞으로 이동했다.

다섯 마리 이상 몰리기 전 까지는 떡대를 배제하고 기습해서 순식간에 잡아 버리는 형식으로 사냥을 할 생각이었다.

라바 스폰들의 근처까지 다가온 이안은 라이에게 작게 말했다.

"라이, 준비해. 내가 화살 쏘면, 화살 맞은 놈부터 먼저 물어 죽이는 거야."

크릉- 크릉-.

이안은 명령을 내린 뒤 버프를 걸었다.

그리고 활시위를 천천히 당겼다.

"전류 증식!"

화살촉에 전류가 흐르기 시작했고, 신중히 조준된 이안의 화살이 활시위를 떠나 날아가기 시작했다.

쐐애액-!

이안의 화살은 여지없이 라바 위치의 가슴을 꿰뚫었다.

크에엑-!

그리고 활시위를 놓은 이안은 재빨리 라이에게 잠재력 폭발 스킬을 사용했다.

"잠재력 폭발!"

그리고 라이의 능력치가 폭발적으로 증가했다.

-'잠재력 폭발' 스킬을 소환수 '라이'에게 사용합니다.

-소환수 '라이'의 잠재력에 비례해 '라이'의 능력치가 상승합니다.

-'라이'의 능력치가 1분 40초 동안 98%만큼 추가로 상승합니다.

훈련 스킬이 고급 레벨로 올라서 그런지, 라이의 잠재력은 어느새 거의 100에 가까운 수치에 도달해 있었다.

'라이 잠재력이 100까지 채워지고 나면 빨리 떡대 잠재력 올려 줘야지.'

떡대는 진화하는 데 잠재력을 모두 소모해서 지금 잠재력 폭발 스킬을 걸어 봐야 무용한 상태였다.

그렇기에 능력치가 훨씬 높은 떡대를 두고 계속 라이에게 잠재력 폭발을 걸어 주고 있었던 것이다.

이안은 그렇게 행복한 상상을 하며 재사용 대기 시간이 돌아오자마자 전류 증식 스킬을 다시 장전했다.

핑- 피핑-.

이안의 화살이 연달아 날아가는 동안, 잠재력 증폭으로 인해 어마어마한 공격력을 갖게 된 라이가 순식간에 세 마리 중 두 마리의 라바 스폰을 잡아 버렸다.

그리고 남은 한 마리도 곧 이안의 화살을 맞은 뒤 회색 빛깔이 되어 사라져 버렸다.

증식할 틈조차 없이 폭발적인 공격력으로 제거해 버리니, 라바 스폰들은 무척이나 무기력해졌다.

그리고 이안은 라이에게 걸려 있는 잠재력 증폭 스킬의 지속 시간을 확인했다.

'남은 지속 시간이 58초. 충분히 한 무리는 더 잡을 수 있겠어.'

생각을 마친 이안은 곧바로 화살을 날렸다.

그리고 그것을 신호로 라이도 뒤따라 다음 무리의 라바 스폰들에게 달려들었다.

크르릉- 크아앙-!

이안은 이번에는 전류 증식을 맞히는 것보다 표식을 맞히는 데 더욱 신경을 집중했다.

　조금이라도 빨리 라이에게 걸 잠재력 증폭 스킬의 재사용 대기 시간을 줄여야 했기 때문이다.

　그렇게 이안은 빠르게 라바 스폰들을 정리해 가며 조금씩 던전 깊숙이 들어갔다.

　작열의 대지 지하 던전은 한 층 한 층이 넓지는 않았지만, 지하로 깊숙이 이어졌다.

　지하 3층 정도부터는 라바 위치들도 한두 마리 나타나기 시작했지만, 이안은 좀 더 하층부까지 내려가기로 결정했다.

　그리고 지하 5층 정도에 다다랐을 때. 이안은 문득 이상한 점을 발견했다.

　'어? 저놈들은 왜 용암 색이 다르지?'

　자세히 보지 않으면 알 수 없었지만, 라바 위치와 라바 스폰 들을 감싸고도는 불길과 용암의 색이 미묘하게 달랐던 것이다.

　그리고 정보를 열어 보니, 몬스터들의 이름 앞에 '오염된' 이라는 수식어가 붙어 있었다.

　'뭐야? 오염된?'

　그동안 수많은 게임을 섭렵해 온 게이머답게, 이안의 남다른 촉이 발동했다.

'이거, 이거. 퀘스트의 향기가 나는데?'

미묘한 차이 하나만으로 퀘스트의 냄새를 맡은 것이다.

조금 더 던전이 흥미진진해진 이안은 계속해서 몬스터들을 잡으며 하층부로 내려갔다.

'작열의 대지 지하 던전이 총 10층까지 있었던가?'

초기화 전에도 지하 5층 이하로 내려와 본 적은 없었기에 기억이 가물가물했지만, 일단 퀘스트의 냄새를 맡았으니 끝까지 내려가 보기로 했다.

지하 7층이 지나자 제법 많은 라바 위치들이 등장했지만, 이안은 망설임 없이 사냥하며 계속 움직였다.

던전의 최하층을 확인하기 전까지 라바 위치의 포획은 잠시 미뤄 둘 생각이었다.

'하층부로 내려갈수록 오염된 몬스터들의 비율이 점점 더 많아지는데?'

뭔가 있다는 확신이 점점 더 강해졌다.

그렇게 계속해서 내려가 결국 지하 10층에 도착한 이안은 조금 당황했다.

'뭐지? 10층이 끝이 아니었어?'

지하 10층이 최하층인 줄 알았던 이안은 퀘스트와 관련된 단서를 찾기 위해 맵을 샅샅이 뒤지던 도중 하층부로 내려가는 입구를 발견한 것이었다.

그렇게 발견한 입구로 들어간 이안은 새로 나온 맵의 이름을 확인하고는 눈을 반짝였다.

'용암의 근원지? 완전히 처음 듣는 맵 이름이야! 대규모 업데이트가 되면서 새로 생긴 곳인가?'

대규모 업데이트로 새로 생긴 맵이라고 하더라도 이안에게 처음 발견된 맵은 아닐 확률이 높았다.

업데이트된 지도 벌써 많은 시간이 흘렀기 때문이다.

'하지만 커뮤니티에서도 본 적 없는 이름인 걸 보니 많이 알려지진 않은 곳인데…….'

용암의 근원지 맵은 던전 상층부의 다른 맵들보다는 좀 넓은 편이었다.

이안은 등장하는 몬스터들을 남김없이 사냥하며 미로 같은 길을 따라 맵의 중심부로 천천히 이동했다.

그렇게 20여 분 정도가 지났을까?

이안의 눈앞에 엄청난 광경이 펼쳐졌다.

'뭐, 뭐야? 이걸 뭐라고 불러야 돼? 용암 폭포?'

이안의 눈앞에는 말 그대로 거대한 용암의 폭포가 쏟아져 내리고 있었다.

그것은 마치 캐나다와 미국의 국경 사이에 있는 거대한 폭포인 나이아가라 폭포를 연상시킬 법한 웅장한 광경이었다.

'으, 그런데 진짜 열기가 엄청나네. 숨 쉬기도 힘들 정도잖아.'

그렇지 않아도 더운 던전인데 용암의 폭포까지 코앞에 두었으니 숨이 막히는 게 당연한 것이었다.

그렇게 이안이 폭포를 앞에 두고 이런저런 생각을 하고 있을 때, 그의 눈앞에 느닷없이 시스템 메시지가 떠올랐다.

띠링-.

-용암의 근원, 열염폭烈炎瀑을 최초로 발견했습니다.

-화염 속성에 대한 친화력이 5%만큼 증가합니다.

-화염 속성에 대한 저항력이 +10만큼 증가합니다.

-이제부터 화염 속성 몬스터와의 친밀도가 30 이하로 떨어지지 않습니다.

연달아 메시지가 떠올랐다.

'뭐야, 이런 경우가 있다는 얘긴 한 번도 못 들어 봤는데…….'

이안은 얼떨떨했지만 기분이 좋아졌다.

'게다가 처음이라니. 업데이트 이후에 생긴 맵이라고 해도 그동안 여기 방문한 유저가 제법 있을 것 같은데, 흠…….'

그러나 그것이 끝이 아니었다.

촤아아-!

갑자기 이안이 바라보고 있던 거대한 폭포의 한쪽 면이 꿈틀대면서 어떤 형상을 갖추기 시작한 것이었다.

"어?"

이안은 넋을 놓고 그 광경을 바라보았고, 용암은 점점 거대한 어떤 형태로 변해 가며 이안을 향해 다가오기 시작했다.

‘이건 뭐, 뭐지? 도망쳐야 하나?’

일단 그 크기부터가 압도적인 데다, 엄청난 위압감을 뿌리는 용암 괴물의 모습에 이안은 순간 갈등했지만 발을 떼지 않았다.

무슨 일이 벌어질지 궁금한 것보다, 어차피 도망가 봐야 잡힐 것 같았기 때문이었다.

그리고 곧 이안의 앞까지 다가온 그는 천천히 입을 열었다.

-오오! 드디어 이 용암의 근원지에 들어올 자격을 갖춘 소환술사가 나타났군!

다짜고짜 공격할까 봐 잠시 겁먹었던 이안은 그의 첫마디에 안도의 한숨을 내쉬었다.

‘역시, 퀘스트인가?’

그리고 그의 말을 듣자 궁금증 하나가 풀리는 것을 느꼈다.

‘아, 여긴 소환술사 직업을 가져야만 들어올 수 있는 히든 맵이었던 거구나!’

그렇다면 이안이 처음 용암의 근원지를 발견한 것이 이해가 되었다. 지금 이안보다 레벨이 높은 소환술사는 아마 없을 테니까.

어느새 형태를 다 갖춘 용암 괴물은, 허공에 둥둥 떠 있는 데다 거대한 낫 같은 무기를 들고 있어 그 외모가 흡사 저승사자 같은 느낌을 주었다.

‘유령 같기도 하고, 악마 같기도 하고…….’

이안은 설레는 표정으로 등장한 NPC에게 말을 건네었다. 이제는 하도 NPC를 많이 상대하다 보니, 말을 붙이는 것도 어색하지 않았다.

"저…… 이곳이 용암의 근원지인가요?"

그리고 거대한 용암 덩어리 NPC의 말이 이어졌다.

-나는 용암의 수호자 헬리얀. 그리고 이곳은 용암의 근원지가 맞다.

자신을 헬리얀이라 소개한 그는 다시 말을 이어 갔다.

-네 이름은 무엇인가?

"전 이안이라고 합니다."

-그렇군.

잠시 뜸을 들인 그는 천천히 입을 열었다.

-이안, 자네는 이 용암의 근원지에 생긴 문제를 해결해 줄 의사가 있는가?

알려지지 않은 히든 퀘스트가 분명한 상황에 거절할 이유가 전혀 없었다.

'어떤 퀘스트가 등장할 줄 알고?'

이안은 곧바로 대답했다.

"예, 헬리얀 님. 제 능력으로 가능하다면 기꺼이 돕고 싶군요."

공손한 이안의 말에 헬리얀은 흡족한 표정으로 고개를 끄덕였다.

-도와주겠다니 정말 고맙군. 그럼 내 이야기를 먼저 좀 들어 보시게.

그리고 헬리얀의 입에서 진행될 퀘스트와 관련된 이야기들이 술술 흘러나왔다.

5분 정도에 걸친 제법 긴 내용이었지만 한 줄로 요약하자면, 오염되고 있는 용암의 근원지를 정화하는 데 도움을 달라는 내용이었다.

이야기를 다 들은 이안이 물었다.

"그러면 헬리얀 님, 용암의 근원지를 정화하기 위해서 제가 해야 할 일은 뭔가요?"

이안이 묻자 헬리얀은 대답 대신 입김을 살짝 내뿜었다.

후욱-!

이안은 그 엄청난 열기에 깜짝 놀라야 했다.

'어우, 화염 방사기라도 쏘는 줄 알았네.'

그리고 식은땀을 흘리는 이안을 향해 헬리얀의 말이 이어졌다.

-일단 그 전에 자네의 능력을 시험해야겠어.

"말씀하세요."

-이 봉인석을 가지고 가 20마리 이상의 오염된 라바 몬스터들을 포획해 오게.

헬리얀의 입김이 뿜어진 자리에는 붉게 빛나는 주먹만 한 돌이 새빨간 빛을 내뿜으며 둥둥 떠 있었다.

그리고 그가 손을 슬쩍 들어 올리자, 새빨간 물체가 이안을 향해 움직여 왔다.

-시간 내에 많이 포획해 올수록 좋아. 할 수 있겠나?

헬리얀의 말이 끝남과 동시에 이안의 눈앞에 퀘스트 창이 떠올랐다.

띠링-.

오염된 용암의 근원지 정화

용암의 수호자 헬리얀은 용암의 근원지를 정화하기 위해 오염된 라바 몬스터를 20마리 이상 포획해 와 달라 부탁했다.
그에게 용암의 봉인석을 받아 라바 몬스터들을 최대한 많이 포획한 뒤 돌아오자.
(용암의 봉인석은 몬스터 봉인 주문서와 같은 방법으로 사용할 수 있으며, 하나의 봉인석에 여러 마리의 오염된 몬스터를 봉인할 수 있습니다.)
퀘스트 난이도 : B
퀘스트 조건 : Lv.50 이상의 소환술사
제한 시간 : 3시간
보상 : 포획한 오염된 몬스터 한 마리당 42,500의 경험치.

이안의 두 동공이 크게 확대되었다.

'한 마리당 42,500 경험치를 준다고?'

퀘스트로 획득하는 경험치는 사냥해서 얻는 경험치와 달리 소환술사와 소환수가 나누어서 가지지 않는다. 이안을 비롯한 모든 소환수에게 42,500의 경험치가 고스란히 부여되는 것이다.

42,500이면 던전 안의 몬스터를 열두 마리 정도 사냥했을 때 얻을 수 있는 정도의 경험치였다.

이안은 비슷한 레벨의 희귀 등급 몬스터였던 클로피아를 포획할 때를 생각했다.

'클로피아 한 마리 잡는 데 15분 정도가 걸렸었지? 클로피아는 희귀 등급 몬스터였으니까, 일반 등급인 라바 스폰을 잡는다고 가정하면 시간이 더 조금 걸릴 거고…….'

잠재 능력 폭발 스킬의 재사용 대기 시간을 이용한다면, 이안이 열두 마리 정도의 라바 스폰을 사냥하는 데 걸리는 시간은 정말 최소로 잡아도 20분 정도가 소요될 것이었다.

이안은 머리를 빠르게 굴렸다.

'20분이면 라바 스폰 세 마리는 잡을 수 있을 거야.'

세 마리만 포획해도 거의 40마리 가까이 잡아야 획득할 수 있는 경험치를 얻을 수 있었다.

히든 퀘스트인 것치고 평범한 보상이었지만, 막대한 경험치는 지금의 이안에게 그 어떤 보상보다도 달콤했다.

"최대한 많이 포획해 오겠습니다!"

이안의 씩씩한 대답에 헬리얀은 슬쩍 못 미더운 표정이 되었다.

―다시 한 번 얘기하지만 3시간 안에 총 스무 마리를 포획해야 한다네. 결코 쉽지 않을 텐데…….

자신보다 3~5레벨 정도 높은 레벨의 소환수를 일반적인 소환술사가 포획하려면 10분이 넘는 시간이 걸리는 것이 보통이었다.

그렇게 계산해 본다면 3시간 만에 스무 마리를 포획하는 것은 거의 불가능에 가까운 수준이었다.

하지만 이안은 일반적인 소환술사들보다 친화력 능력치가 최소 1.5배는 높았다.

기본적으로 '테이밍 마스터' 히든 클래스가 일반 소환술사보다 친화력 능력치를 더 많이 부여받았고, 이안이 최초 달성 보상으로 친화력 능력치를 야금야금 획득해 왔기 때문이었다.

계산이 끝난 이안은 자신 있게 고개를 끄덕였다.

"할 수 있습니다. 걱정 마세요."

-좋아, 그렇다면 믿어 보도록 하지.

헬리얀이 대답하자 시스템 메시지가 울려 퍼졌다.

띠링-.

-퀘스트를 수락하셨습니다.

-남은 시간 02 : 59 : 59

남은 시간이 뜨자마자 이안은 허겁지겁 헬리얀이 허공에 띄워 놓은 봉인석을 챙겼다.

한 마리의 몬스터라도 더 포획해야 하는 지금, 1분 1초가 아까웠기 때문이었다.

"그럼, 다녀올게요!"

대답도 듣지 않고 후다닥 돌아 나가는 이안을 보며 헬리얀은 작게 중얼거렸다.

-왠지 믿음이 안 가는데…….

헬리얀의 시선이 이안이 사라진 자리에 잠시 머물렀다.

이안은 정확히 제한 시간 2분 정도를 남기고 헬리얀에게 돌아왔다.

거친 숨을 몰아쉬며 뛰어오는 이안이 보이자 헬리얀은 눈을 가늘게 뜨며 물었다.

-스무 마리 이상 포획해 왔나?

"헉…… 헉…….."

헬리얀의 앞에 도착한 이안은 잠시 숨을 고른 뒤 대답했다.

"네, 헬리얀 님. 총 서른한 마리 잡아 왔어요."

그리고 이안은 인벤토리에서 오염된 몬스터들이 봉인된 봉인석을 꺼내어 헬리얀에게 건네었다.

그러자 헬리얀의 두 눈이 휘둥그레졌다.

-오…… 오오! 정말 서른한 마리가 봉인되어 있군!

그는 믿을 수 없다는 듯한 표정이 되었다.

3시간은 스무 마리를 포획하는 데 결코 넉넉한 시간이 아니었기 때문이었다.

"하하, 제가 자신 있다고 했죠?"

이안은 의기양양한 표정이 되었고, 헬리얀은 순순히 인정했다.

　-정말 놀랍군. 내가 자네를 얕봤어. 그 점, 사과하도록 하지.

　그리고 퀘스트를 완료했다는 알림이 떠올랐다.

　띠링-.

　-퀘스트를 완료하셨습니다.

　-총 31마리의 오염된 라바 몬스터를 잡으셨습니다.

　-1,317,500의 경험치를 획득합니다.

　130만의 경험치를 본 이안은 헤벌쭉한 표정이 되었다.

　반나절 동안 죽어라 사냥만 해야 획득할 수 있는 경험치였기 때문이었다.

　경험치 바를 보자 어느새 71레벨까지도 10% 정도의 경험치밖에 남아 있지 않았다.

　'좋아, 좋아.'

　뿌듯해 하는 이안에게로 헬리얀이 다시 입을 열었다.

　-수고했네, 이안.

　"감사합니다, 헬리얀 님. 이제 더 해야 할 건 없는 건가요?"

　이안은 신이 나서 헬리얀에게 물었다.

　이런 꿀 같은 퀘스트라면 열 번은 더 할 수 있을 것 같았다.

　그리고 헬리얀의 말이 이어졌다.

　-물론 더 있다네.

　곧바로 이어진 헬리얀의 대답과 함께 연계 퀘스트가 이어지기 시작했다.

그리고 그것이 바로 말 그대로 불지옥의 시작인 것을, 이 안은 이땐 미처 깨닫지 못하고 있었다.

루스펠 제국의 황성.

그리고 제국의 주인, 황제인 셀리아스는 심각한 표정으로 한 사내와 이야기를 나누고 있었다.

사내의 이름은 헬라임, 루스펠 황실의 근위 기사단장이 었다.

"헬라임, 그 소환술의 선지자에게선 아직 아무런 보고가 없는가?"

헬라임은 부복하며 대답하였다.

"그렇습니다, 폐하. 제가 수소문하여 그자를 찾아 대령하 오리까?"

셀리아스는 고개를 저었다.

"아니야, 황실의 대학자들도 반년이 넘게 방법을 찾지 못 했던 일이야. 고작 한 달 정도밖에 지나지 않았는데 벌써 해 답을 찾을 수 있으리라고는 기대하지 않네."

너그러운 황제 셀리아스.

하지만 만약 이안이 제국 퀘스트는 안중에도 없고 레벨 업 만 하고 있다는 사실을 알게 된다면, 그는 분노할지도 몰랐다.

"하지만 폐하, 그 자를 너무 믿으시는 것이 아니시온지……."

헬라임의 말에 빙긋 웃어 보인 셀리아스는 잠시 찻잔을 홀짝인 뒤 입을 떼었다.

"개국기념일까지 시간이 얼마나 남았지, 헬라임?"

"넉 달 정도가 남았습니다, 폐하."

"그렇군, 넉 달이라……."

잠시 무언가를 생각하던 셀리아스의 입이 다시 떨어졌다.

"개국 기념일 전에는 그리핀의 알이 부화하는 모습을 보고 싶군. 제국의 상징인 그리핀이 개국 기념일 행사에 그 모습을 드러낸다면 황실의 위엄이 드높아질 테지."

황실의 창공을 수호하는 그리핀의 모습을 상상한 셀리아스는 흡족한 표정이 되었다.

"어떤가, 헬라임? 그리될 수 있겠는가?"

헬라임은 고개를 숙였다.

"여부가 있겠습니까."

셀리아스는 헬라임을 응시하며 한마디 덧붙였다.

"앞으로 두 달 뒤에도 그로부터 보고가 없다면 그를 찾아오도록 하라."

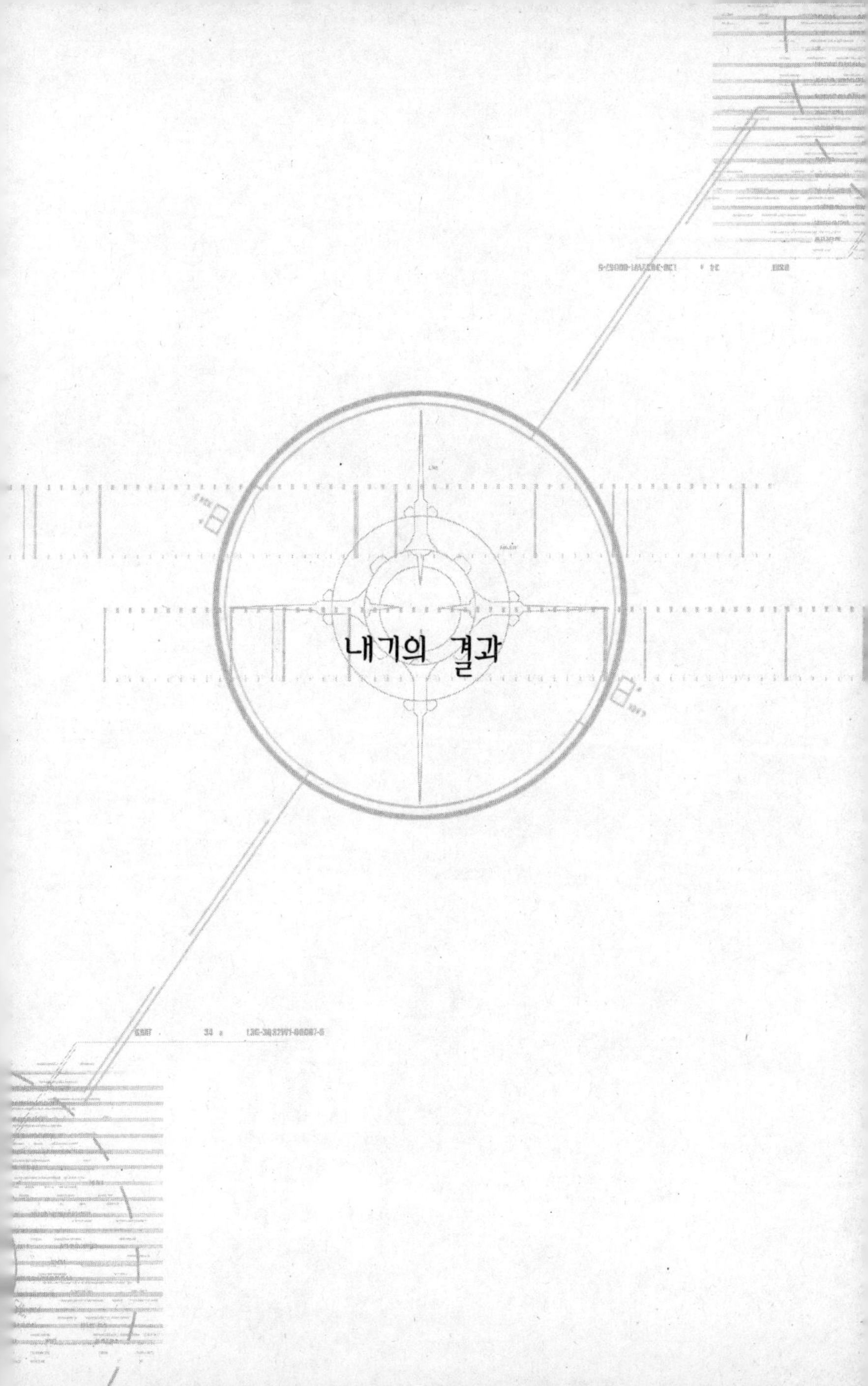

내기의 결과

Taming
Master

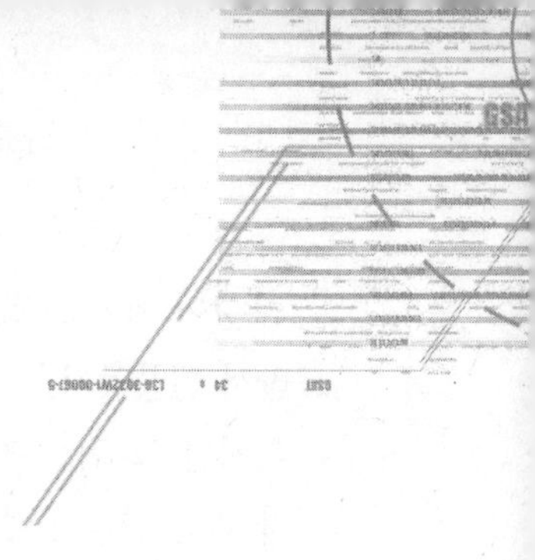

　한편, 황실에서 어떤 일이 벌어지고 있는지 모르는 이안은 작열의 대지 지하 깊은 곳에서 열심히 노가다를 하고 있었다.

　'제기랄! 대체 이게 뭐 하는 짓이야!'

　깎아지르듯 가파른 절벽, 정확히 말하면 용암 구덩이 바로 위 절벽에 아슬아슬하게 매달려 있는 이안은 곡괭이 비슷한 것을 들고 뭔가를 파내고 있었다.

　'이 미친 무한 채집은 대체 언제쯤 끝나는 거야?'

　오염된 몬스터 포획 퀘스트 이후, 그다음에 받은 퀘스트까지는 나름 만족스러웠다.

　오염된 몬스터들을 100마리 처치하고 돌아오는 퀘스트였으니까.

'보상이 짜기는 했지만, 어차피 사냥할 겸 하면 되는 퀘스트라서 괜찮았지.'

하지만 그 뒤로 지금까지 줄줄이 이어지는 연계 퀘스트는 죄다 던전 안을 들쑤시고 다니며 광물 혹은 약초를 채집해야 하는 채집 퀘스트였다.

'내가 제일 싫어하는 게 이런 퀘스트인데.'

이안은 맵을 돌아다니며 잡다한 재료들을 모아 오는 채집류의 퀘스트들을 병적으로 싫어했다.

경험치가 오르는 것도 아니었고, 스킬 숙련도를 올릴 수 있는 것도 아니었으며 심지어 돈이 되지도 않는 단순 노가다.

물론 퀘스트 끝에 나올 보상이 어떤 것이냐에 따라 마음가짐이 달라지기는 했지만, 연계 퀘스트의 특성상 끝에 뭐가 있을지 모르니 더욱 짜증 나는 것이었다.

'쓸데없는 거 주기만 해 봐라. 용암의 수호자인지 나발인지 내가 다 부숴 버릴 거야!'

이미 너무 멀리까지 왔다.

벌써 만으로 거의 24시간 동안 레벨 업도 하지 못하고 주야장천 퀘스트만 진행해 온 것이다. 하지만 이미 여기까지 왔으니 끝을 보기는 해야 했다.

띠링―.

―'붉은 이끼의 뿌리'를 채집하는 데 성공하셨습니다.

―퀘스트 붉은 이끼의 뿌리 채집 (35/35)

-퀘스트 완료에 필요한 조건을 달성했습니다.

이안은 채집이 끝났다는 메시지를 보며 한숨을 푹 내쉬었다.

'제발 이번엔 끝이라고 해 줘…….'

절벽을 기어 올라간 이안은 다시 용암의 근원지로 향했다.

헬리얀에게 가는 그의 걸음에는 힘이 없었다.

'끝이겠지? 끝일 거야, 끝이어야만 해.'

계속 주문을 외우듯 중얼거리던 이안은 헬리얀에게 가서 부들거리는 손으로 재료 아이템을 건네주었다.

"여기, 가져왔습니다."

처음 퀘스트를 시작할 때와는 비교도 되지 않을 정도로 힘없는 목소리였다.

그런 이안을 보며 헬리얀은 피식 웃었디.

-수고 많았네, 잠시 기다리게.

자신이 건네준 재료 아이템을 들고 다시 용암 속으로 사라진 헬리얀을 보며 이안은 털썩 주저앉았다.

'하, 또 같은 패턴이잖아.'

저 시뻘건 불덩어리는 다시 나와서 또 지랄맞은 채집 퀘스트를 줄 게 분명했다.

이안은 땅이 꺼져라 한숨을 내쉬었다.

"후우……."

또 채집 퀘스트가 나온다면 정말 진지하게 연계 퀘스트를 포기할까 고민이 될 정도였다.

'퀘스트가 아직 더 있어도 좋으니까 제발 채집만 아니어라…….'

이안은 앉은 채 눈을 감았다.

그리고 종교도 없는 그가 열심히 기도를 하기 시작했다.

'하느님, 부처님, 알라신이시여, 제발 제 기도 한 번만 들어주세요. 저 평소에 바라는 것도 별로 없잖아요. 흑흑…….'

소탈한 게이머 이안의 간절한 기도, 그 기도가 하늘에 닿은 것일까?

이안의 앞에 쏟아져 내리던 용암의 폭포가 사방으로 휘몰아치기 시작했다.

콰아아아-!

던전이 무너지기라도 하듯 엄청난 크기로 울려 퍼지는 굉음에 이안은 혼비백산했다.

"뭐, 뭐야?"

그리고 절망했다.

'던전 붕괴로 깔려 죽는 최초의 카일란 유저가 되기는 싫은데…….'

이안이 진지하게 로그아웃을 고민하고 있을 때 던전 전체를 뒤흔들던 진동이 점차 가라앉기 시작했다.

그리고 이안의 눈앞에 폭포수처럼 쏟아지던 용암들은 사라지고, 고요히 가라앉은 용암의 호수가 나타났다.

이안은 멍한 표정으로 그것을 바라보고 있었다.

'드디어 끝난 건가?'

확실히 많은 것들이 바뀌었다.

후끈거리는 것은 마찬가지였지만, 음산한 기운이 돌던 용암의 근원지 맵 전체가 한층 밝아졌고, 던전 곳곳에 흐르던 거뭇거뭇한 용암들이 새빨간 색깔을 회복했다.

그리고 마지막으로 고요하던 용암의 호수가 요동치며 거대한 용암의 수호자 헬리얀이 모습을 드러냈다.

─지금까지 내 부탁을 들어줘서 고맙네, 이안.

"별말씀을요."

이안은 떨떠름한 표정으로 대답한 뒤, 조심스레 물었다.

"그런데 이제 용암의 근원지 정화는 전부 끝난 건가요?"

헬리얀은 고개를 끄덕였다.

─그렇다네, 자네가 내 기대보다 일을 더 많이 해 준 덕분이지.

이에 뭔가 이상함을 느낀 이안이 되물었다.

"제가 기대보다 일을 더 많이 하다뇨?"

'난 시키는 것만 했는데?'

의아한 표정을 짓는 이안을 보며 헬리얀이 빙긋 웃었다.

─아까도 말했지만 이 용암의 호수 바닥에는 거대한 용암의 핵이 있다네.

이안은 아무 말 없이 헬리얀의 이야기를 들었다.

─자네에게 지금까지 내가 부탁했던 재료들은 용암의 핵을 정화하기

위한 정수를 만드는 데 필요한 것들이었지.

헬리얀은 부글부글 끓어오르는 용암을 응시하며 말을 이었다.

─용암의 핵을 정화하는 데 내게 주어졌던 시간은 정확히 24시간. 원래는 그동안 하나의 정수만 온전히 만들면 용암을 정화할 수 있는 조건이 갖춰지는 것이었다네.

헬리얀의 말을 듣는 이안의 표정이 조금씩 일그러지기 시작했다.

하지만 그것을 눈치채지 못한 헬리얀은 감동한 표정으로 다시 입을 열었다.

─그런데 자네가 부지런히 채집에 힘써 준 덕에 정수를 다섯 개나 만들 수 있었지 뭔가. 덕분에 주기적으로 오염되는 이 용암의 핵을 앞으로 5회 정도는 문제없이 정화할 수 있게 되었어.

털썩─.

다리에 힘이 풀린 이안은 그대로 바닥에 주저앉았다.

'아…… 정해진 시간이 있는 퀘스트였다니.'

헬리얀의 말에 따르면, 하나의 정수를 만들어 낼 때까지만 퀘스트를 진행했으면 됐다는 소리였다.

억울함에 눈물이 날 것 같았다.

'어쩐지 같은 재료를 여러 번 채집해 오게 시키더라니….'

이안은 단지 최대한 빨리 연계 퀘스트를 전부 완료하기 위해 열심히 채집했던 것이었다.

헬리얀 좋은 일을 하려고 이렇게 열심히 노가다를 한 것이 아니었다.

'이럴 줄 알았으면 채집만 하지 말고 중간중간 사냥도 하고 그럴걸 그랬어.'

그랬더라면 최소 40~50% 정도의 경험치 게이지는 채울 수 있었을 것이었다.

하지만 여기서 왜 속였냐며 헬리얀에게 화를 낼 수도 없었다.

기껏 지금까지 잘 쌓아 놓은 NPC와의 친밀도를 보상을 받기 직전에 날려 먹을 수 없었으니까.

엄밀히 말하면 헬리얀이 이안을 속인 것은 아니었다. 단지 말하지 않았을 뿐.

그리고 그런 이안의 심리 상태를 알 리 없는 헬리얀은 무척 기분이 좋아 보였다.

-껄껄, 자네 덕분에 용암의 근원지는 한동안 걱정 없겠어. 정말 마음이 편하군.

그의 말을 들은 이안은 속으로 중얼거렸다.

'그럼 이제 보상을 내놔, 인마.'

그리고 그의 말을 듣기라도 한듯 헬리얀의 말이 이어졌다.

-정말 수고가 많았네. 이건 약소하지만 내가 자네에게 주는 선물이라네.

그리고 연계 퀘스트의 끝을 알리는 알림음이 이안의 귓전에 울려 퍼졌다.

띠링-.

-용암의 근원지 연계 퀘스트를 전부 완료하셨습니다. 클리어 등급 : SSS

-경험치를 12,935,000 획득합니다.

-레벨이 올랐습니다. 71레벨이 되었습니다.

71레벨이 되고도 50% 이상 차오르는 경험치를 받았다.

만으로 24시간이니, 거의 이틀 가까이 투자했지만 그만한 가치가 충분히 있는 훌륭한 보상이었다.

포획 퀘스트부터 시작해서 모든 연계 퀘스트를 가능한 한 계치까지 쉴 새 없이 했기에 클리어 등급도 트리플 S 등급이었다.

하지만 이안의 표정은 뚱했다.

'중간에 사냥이라도 했으면 레벨이 하나 더 올랐을 거 아냐?'

이안이 그렇게 후회하며 부들거리고 있는데, 메시지가 하나 더 떠올랐다.

-'용암의 봉인석'을 획득합니다.

'음…… 용암의 봉인석이 뭐지?'

시스템 메시지를 읽은 이안은 자신도 모르게 헬리얀에게 물었다.

"이건 뭔가요, 헬리얀 님?"

그에 헬리얀은 웃으며 대답했다.

-이 용암의 정수를 수호하는 가디언 중 하나라네. 본래라면 다른 녀석을 보상으로 주어야 하지만, 자네가 정말 많은 일을 해 주었기에 가장 아끼는 아이를 선물하겠네.

'가디언?'

이안은 두근거리는 마음으로 인벤토리를 열었다.

그리고 봉인석을 확인하자 그의 눈앞에 몬스터의 상태창이 커다랗게 떠올랐다.

라바 드레이크 킹Lava Drake King

레벨 : 80	분류 : 드레이크
등급 : 영웅	성격 : 용맹함
-진화 불가	
공격력 : 1,975	방어력 : 975
민첩성 : 527	지능 : 609
생명력 : 23,537/23,537	마력 : 9,750/9,750

고유 능력

-화염 흡수

화염 속성의 피해를 30%만큼 덜 받는다.

-용암의 숨결

화염 속성의 브레스를 발사하여 전방에 공격력의 593%만큼의 피해를 입힌다. (재사용 대기 시간 30분)

-용암의 지배자

기본 공격 시 30%의 확률로 '용암의 지배자' 능력이 발동한다.

용암의 지배자 능력이 발동되면 입에서 화염을 내뿜어 전방의 적들에게 공격력의 175%만큼의 피해를 입힌다.

(전방 4미터, 부채꼴 형태로 분사된다.)

몬스터 정보 창을 정신없이 읽어 내려간 이안은 감격했다.

'영웅 등급의 몬스터라니…… 게다가 공격력이 거의 2,000이잖아?'

1,975라는 어마어마한 수치의 공격력을 본 이안은 놀라 입을 쩍 벌렸다.

대부분의 드레이크들이 가지고 있는 능력인 브레스는 기본 장착되어 있었고, 용암의 지배자라는 패시브 스킬 또한 지금 이안에게 너무도 필요한 광역 공격 능력이었다.

'진화 불가'라는 부분은 역시 조금 아쉬웠지만 옥의 티 정도로 생각될 뿐이었다.

어차피 전설 등급의 몬스터는 아직 구경조차 해 본 유저가 없었으니, 사실상 지금 기준으로 영웅 등급이면 최상급의 몬스터인 셈이었다.

여기서 진화 가능 옵션까지 바란다면, 그것이 오히려 도둑놈 심보일 것이다.

'진화 불가 옵션 때문에 한계가 이미 정해져 있기는 하지만, 당장 레벨 업이 시급한 나에겐 정말 최적의 소환수야.'

지금 당장 소환수로 계약하여 사용해 보고 싶은 마음이 굴

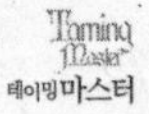
테이밍 마스터

뚝같았지만, 통솔력이 부족했다.

'곧바로 마을 가서 통솔력 올려 주는 아이템 전부 다 사서 입어야겠어.'

정 안 되면 빙의 셔틀인 클로피아라도 계약 해제할 생각이었다.

물론 그렇게까지 안 해도 돈 좀 쓰면 얼추 통솔력을 꽉 들어차게 맞출 수 있을 것 같았지만.

쓸데없이 남 좋은 일만 했다는 자책감이 순식간에 사라졌다.

'채집하는 데 쓴 시간 동안 라바 위치 포획 노가다를 했더라도 이놈보다 나은 녀석을 얻을 수는 없었겠지.'

이 '라바 드레이크 킹'과 함께 사냥한다면 경험치도 채집에 쓴 시간 이상의 이득을 볼 수 있을 것이있다.

이안은 언제 원망했냐는 듯, 헤벌쭉 웃으며 헬리얀에게 감사의 인사를 전했다.

"고맙습니다, 헬리얀 님. 드레이크는 정말 잘 쓸게요."

-아닐세, 내가 고맙지. 덕분에 용암의 근원지가 정상으로 돌아왔으니 말이야. 그 아이가 부디 자네에게 도움이 되었으면 하는 바람이네.

헬리얀과 작별 인사를 한 이안은 서둘러 마을로 돌아가는 귀환석을 사용했다.

이안은 지금 한시라도 빨리 드레이크를 시험해 보고 싶은 마음뿐이었다.

이안이 퀘스트 보상으로 얻은 라바 드레이크를 보며 행복한 미소를 짓고 있을 무렵, 또 한 명의 라바 드레이크 오너 카노엘은 자신의 소환수와 함께 레벨을 올리기에 여념이 없었다.

"용용아, 브레스!"

크오오오!

전방으로 시뻘건 브레스를 쏘아 내고 있는 몬스터는 바로 레드 드레이크 용용이었다.

'아무리 생각해도 이름을 잘 지었단 말이지, 후후.'

카노엘은 자신의 작명 센스에 만족했다.

용용이라는 이름은 나름의 뜻이 있는 작명이었다. 바로 용암과 용에서 한 글자씩 따 온 이름이었던 것.

작명 센스만큼은 거의 이안에 필적할 정도로 훌륭한(?) 카노엘이었다.

화아아악-!

용용이의 브레스가 터져 나가자 그 앞으로 달려들던 다섯 마리의 페라곤들이 순식간에 회색빛으로 변하며 명을 달리했다.

캬아악-!

그에 의기양양해진 용용이는 뜨거운 입김을 내뿜으며 거

만한 표정을 지었다.

그리고 우쭐한 표정이 된 것은 용용이만이 아니었다.

"크하하핫! 맛이 어떠냐, 이놈들!"

카노엘은 며칠 전 자신을 힘들게 했던 나르한 늪지대의 페라곤들을 학살하며 광소를 터뜨렸다.

통쾌함의 극치였다.

허공에 연신 헛발질을 해 대던 반달곰과는 차원이 다른 전투력을 가진 용용이가 사랑스러웠다.

"용용아, 잘했어!"

카노엘의 용용이와의 친밀도도 거의 최상이었다.

툭하면 구박하던 반달곰 때와는 달리, 용용이에게는 무한한 애정을 쏟은 덕분이었다.

사실 레벨 26 정도의 일반 등급의 몬스터들인 페리곤이 30레벨이 넘는 유일 등급의 드레이크인 용용이에게 맥을 못 추는 것이 당연한 것이었지만, 당장의 레벨 업 속도와 전투 결과가 너무도 만족스러운 카노엘은 그런 것에 대한 자각이 없었다.

"후후, 이제 나르한 늪지대는 너무 시시하다. 용용아, 그렇지 않니?"

크르르르-!

죽이 잘 맞는 소환수와 주인의 훈훈한 모습이었다.

'음…… 이제 사냥터를 옮길 때가 되었어.'

　벌써 사흘 동안 나르한 늪지대를 쓸고 다닌 덕에 레벨은 6이나 올라 어느덧 30레벨이 되었고, '페라곤 학살자'라는 칭호까지 얻은 카노엘이었다.

　게다가 처음 얻었을 때 32레벨이었던 용용이도 36레벨이나 된 상태에 지금 그의 자신감은 하늘을 찔렀다.

　'고블린 야영지 정도면 내 사냥터로 적합하겠군.'

　용용이를 얻기 전이었다면 꿈도 꾸지 못했을 사냥터에 갈 생각을 하니 절로 미소가 지어졌다.

　"용용아, 소무르 협곡으로 가자!"

　카노엘은 용용이를 소환 해제한 뒤 귀환석을 사용해 마을로 이동했다. 카일란 최고의 드레이크(?) 용용이와 함께라면, 카노엘은 그 누구도 부럽지 않았다.

　-지금 전화를 받을 수 없어, 음성 녹음 시스템으로…….

　뚜- 뚜-.

　스마트폰으로 여러 번 전화를 시도하던 유현은 인상을 찌푸리며 중얼거렸다.

　"아니, 이놈은 왜 전화를 안 받는 거야? 학교는 와야 될 것 아냐."

　개강 첫날, 수업에 가기 위해 과실에 앉아 진성을 기다리던 유현은 결국 참지 못하고 자리에서 일어났다.

그가 투덜거리며 전공 서적들을 챙기자 옆에서 그 모습을 본 과 동기 세원이 물었다.

"유현아, 왜 그래? 누구 기다려?"

세원은 동기였지만 학교를 늦게 들어와, 나이는 유현보다 한 살 많은 형이었다.

"아, 형, 오셨어요?"

"응, 방금 와서 수업 가려는 중이었지. 넌 왜 안 가고 있어?"

"진성이가 안 와서요. 이 자식 며칠 전부터 연락도 잘 안 되더니…….."

그런 그의 말에 세원이 피식 웃었다.

"에이, 너무 걱정 하지 마. 늦잠 자나 보지. 그리고 사실 이 번 주는 수강 변경 기간이라 출석 안 해도 크게 상관없잖아."

유현은 고개를 끄덕였다. 그 말이 맞긴 했기 때문이다.

"그렇긴 한데, 전 진성이 생사가 걱정이 되서…."

"뭐? 웬 생사?"

유현은 고개를 절레절레 저으며 말을 이었다.

"진성이 아마 지금 캡슐 속에서 기절했을지도 몰라요. 어젠가 확인해 보니까 거의 50시간째 접속 중이더라고요."

세원의 목소리에서 당황스러움이 묻어났다.

"카일란이 재밌기는 하지만 50시간 연속 접속이라니, 유현이 네가 뭘 잘못 본 거 아니야?"

“아뇨. 똑똑히 봤어요. 빨간색으로 50시간이라고 찍혀 있
는 거요.”

“허……”

카일란과 같이 캡슐로 접속해서 플레이하는 가상현실 게
임의 경우, PC게임처럼 접속시켜 놓고 다른 일을 할 수 있는
시스템이 아니었다.

심지어는 게임 중에 캡슐 속에서 잠이 들어도 자동으로
접속 종료되도록 설정되어 있었다. 유저의 생체리듬을 측정
해 수면 중이라고 판단되면 자동 로그아웃이 되어 버리는
것이다.

이는 유저의 건강을 위해 법으로 제정되어 있는 부분이기
도 했다.

결론적으로 접속 시간에 50시간이 찍혀 있다는 것은 정말
50시간 동안 쉼 없이 게임을 플레이하고 있다는 이야기였다.

“뭐, 알아서 하겠죠. 있다가 수업 다 끝나면 연락 한 번 더
해 보든가 해야겠어요.”

세원은 떨떠름한 표정이 되었다.

“그, 그래. 네가 걱정할 만하네.”

두 사람은 가방을 챙겨 강의실로 걸어가며 이런저런 이야
기를 나누었다.

“형, 그런데 형은 방학 동안 레벨 좀 많이 올리셨어요? 어
때요?”

세원은 신규 업데이트 이후 카일란을 시작한 후발 주자 유
저였다.

그리고 그의 직업은 흑마법사였다.

"하하, 방학 때 진짜 열심히 했지. 지금 레벨이 아마 65일
걸."

자랑스럽게 이야기하는 세원을 보며 유현 또한 조금 놀란
표정이 되었다.

'오, 이 형 그래도 의외로 레벨 업이 빠르네. 역시 흑마법
사라 그런가?'

지금 커뮤니티에 공식적으로 알려진 흑마법사 유저의 최
고 레벨은 80이 조금 넘는 수준이었다. 그리고 알려지지 않
은 유저들 중에는 90레벨에 근접한 유저가 있을지도 모른다
는 이야기도 많았다.

그렇지만 사실 최고 레벨대의 유저들은 정말 미친 듯이 게
임만 하는 폐인인 데다 게임에 대한 재능도 남다른 이들이었
기 때문에, 세원의 레벨인 65도 충분히 대단한 것이었다.

"형, 있다가 저녁에 접속하시면 연락 주세요. 길드 가입시
켜 드릴게요."

유현의 말에 세원은 반색했다.

"오, 정말? 그런데 너희 길드 레벨 제한 70 아니었어? 나
그래서 70레벨 찍으려고 열심히 사냥 중이었는데."

그 말에 유현은 피식 웃었다.

“맞아요. 제한이 70레벨이기는 한데 형 레벨 업 속도 보니까 70레벨 정도는 금방 찍으실 수 있을 거 같고, 직업도 신규 직업인 흑마법사니까 길드원들도 딱히 반대하는 사람은 없을 거예요.”

신규 직업의 자원은 기존 직업들에 비해 귀한 편이었기에, 다른 길드들도 조금 레벨 제한을 완화해서 받아 주는 편이었다.

5레벨 부족한 정도인데 받아 주지 못할 이유가 없었다.

유현의 승락에 세원의 표정이 밝아졌다.

“크, 좋아. 나도 드디어 거점지 있는 길드에 들어가 보는구나!”

거점지를 소유한 길드의 일원이 되면 얻을 수 있는 혜택은 생각보다 많았다.

기본적으로 길드 소유의 거점지에서는 여러 가지 소모품들을 다른 마을보다 무척 저렴한 가격에 구입할 수 있으며, 거점지의 NPC들이 양질의 퀘스트도 많이 제공하고 있다.

지금 로터스 길드를 비롯한 대부분의 길드 거점지 등급은 ‘촌락’이었는데, 이 등급부터는 길드원들이 거점지 안에 자신의 집도 하나 가질 수 있었다.

하우징 시스템으로 얻을 수 있는 버프들도 사냥하는 데 꽤나 도움이 되었으니, 거점지를 보유한 상위 길드들의 입지는 더욱 좋아질 수밖에 없는 것이었다.

‘확실히 북부 원정에서 거점지를 얻은 건 행운이었지.’

세원과 카일란에 관한 이런저런 얘기를 하던 유현은 문득 진성의 레벨이 궁금해졌다.

‘그나저나 이놈은 지금쯤 몇 레벨이나 찍었을까?’

레벨을 비롯한 모든 정보를 항상 비공개로 해 놓고 다니는 진성이었기에, 유현조차 그의 정확한 레벨을 알지 못했다.

‘마지막으로 물어봤을 때가 80레벨 정도였던 것 같은데……’

유현은 거점지 근처에 아예 말뚝을 박고 몬스터를 쓸고 다니던 진성을 떠올렸다.

‘길마 입장에선 좋지만, 좀 쉬엄쉬엄하지. 근 몇 주일 동안 왜 이렇게 달리는 거야? 길게 보려면 체력 관리도 좀 하고 해야 할 텐데….’

게임을 해도 항상 계획적으로 체력 관리까지 해 가며 플레이하던 진성이었기에 유현은 최근 그의 플레이를 이해할 수 없었다.

유현이 진성의 내기에 대해서 알지 못하는 이상 그것은 당연한 의문이었다.

“라이, 이쪽으로 유인해! 떡대는 기다렸다가 어비스 홀 써서 묶어 버리고.”

북부 대륙의 어느 던전 깊숙한 곳, 이안은 무려 사흘째 이곳에서 나오지 않고 사냥 중이었다.

최하층까지 전부 클리어하고 나면 다시 최상층으로 올라가 몰이사냥으로 쓸어 담으며 내려가기를 벌써 수차례 반복했다.

작열의 대지에서 용암의 수호자로부터 얻은 라바 드레이크 킹은 이안이 항상 아쉬워하던 광역 대미지 딜링을 차고 넘칠 정도로 잘해 주고 있었다.

라바 드레이크의 이름은 '레이크'였다.

드레이크의 뒤 세 글자를 따서 만든 이름이었다.

뿍뿍이는 새로 생긴 친구의 이름만 너무 멋있다고 생각했는지 투덜거렸었지만, 이안이 준 마약 미트볼 앞에 입을 닫았더라는 슬픈 이야기도 있었다.

"레이크, 브레스!"

이안의 외침과 함께 구석에서 명령을 기다리고 있던 라바 드레이크 킹 '레이크'가 숨을 크게 들이쉬었다.

화아아악-!

마치 용암의 소용돌이를 연상케 하는 용암의 지배자가 떡대의 어비스 홀에 묶여 있는 십수 마리의 몬스터들을 덮치고 지나갔다.

키에에엑-!

무려 90레벨 초반대의 몬스터들인 스노우 가고일들이 일

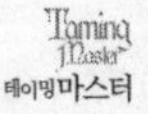

시에 회색빛으로 변하며 녹아내리듯 사라져 가는 엄청난 광경이 펼쳐졌다.

가고일들은 민첩성 위주로 능력치가 구성된 몬스터들이었기 때문에 생명력 자체가 무척이나 낮은 편이었다.

게다가 빙계 속성을 가진 몬스터였기 때문에 라바 드레이크의 화염 브레스에는 취약할 수밖에 없는 것이었다.

하지만 그렇다고 하더라도 입이 쩍 벌어질 만한 광경임에는 분명했다. 그리고 브레스가 지나간 자리에 마침표라도 찍듯, 차징이 끝난 어비스 홀이 굉음을 내며 터져 나갔다.

콰아아앙-!

누가 보아도 짜릿할 수밖에 없는, 엄청난 쾌감이 느껴지는 몰이사냥의 현장이었다.

그리고 이안의 명령이 이이졌다.

"라이, 도망가는 놈들 잡아!"

크릉- 크르릉-.

가고일들은 인간형 몬스터는 아니었지만 AI가 뛰어난 편에 속했기 때문에 불리하다 싶으며 재빨리 도주하는 경우가 많았다.

하지만 라이가 잽싸게 추격하여 도망가는 가고일들을 물어뜯었다.

콰악-.

그리고 공중으로 날아올라 라이가 잡을 수 없는 곳으로 도망가는 가고일들은 레이크가 쫓아갔다.

평소라면 작고 날렵한 가고일보다 빠르게 날 수 없는 레이크였지만, 가고일의 생명력이 얼마 남지 않은 데다 이안의 전류 증식으로 인해 마비 효과까지 남아 있었기에 충분히 잡아 낼 수 있었다.

가고일의 지근거리까지 쫓아간 레이크는 거대한 꼬리를 휘둘렀다.

퍼억-.

둔탁한 타격음과 함께 레이크의 꼬리에 제대로 적중당한 가고일은 속절없이 지상으로 추락해 내려갔다.

쾅-.

그리고 낙하로 인한 대미지와 함께 그대로 회색빛으로 변해 버렸다. 그와 동시에 이안이 그토록 기다리고 기다렸던 레벨 업 메시지가 떠올랐다.

-레벨이 올랐습니다. 90레벨이 되었습니다.

"아자!"

이안은 환호했다.

'드디어 90레벨!'

레벨이 오른 것 자체에도 의미가 있었지만, 90레벨이라는 것의 의미가 더 컸다.

90레벨은 직업 특수 스킬을 얻을 수 있는 중요한 레벨이었으니까.

‘제발, 레벨 업에 더 도움이 될 만한 스킬로 나와야 할 텐데…….’

이제 93레벨까지는 3레벨만이 남은 상태였다.

오늘이 벌써 개강일이라는 것은 이안도 알고 있었다. 하지만, 수강 변경 기간과 주임 교수의 수업일까지 시간을 최대한 벌어 보면 아직 열흘 정도는 여유가 있었다.

그렇지만 열흘을 한계치까지 다 사용한다고 해도 절대로 넉넉하다고는 할 수 없는 촉박한 시간이었다.

이안은 조금이라도 사냥 속도에 도움을 줄 수 있는 새로운 스킬이 간절했다.

‘잠재력 폭발 정도로 좋은 스킬은 바라지도 않으니까 제발 도움 되는 스킬로……!’

잠재력 폭발 스킬은 60레벨에 얻었으나, 이안이 보기에 버프 계열 스킬 중에서는 거의 최고 등급의 스킬이라 보아도 무방했다.

이안이 훈련 스킬에 항상 모든 초점을 맞추고 캐릭터를 육성해 왔기에, 잠재력에 직업 스킬의 포커스가 전부 맞춰져 비교적 낮은 레벨에도 그런 고급 스킬을 획득할 수 있었던 것이었다.

그리고 걱정 반 기대 반으로 획득할 스킬들을 기다리고 있던 이안의 눈앞에, 직업 특수 스킬을 획득했다는 시스템 메시지가 울려 퍼졌다.

-'동화' 스킬을 획득했습니다.

-'링크' 스킬을 획득했습니다.

그리고 떠오른 스킬 명에 이안은 의아한 표정이 되었다.

'뭐지?'

스킬 이름만으로는 어떤 스킬일지 짐작이 잘되지 않았기 때문이었다.

이안은 스킬 창을 열어 새로 획득한 스킬들의 정보를 확인하였다.

'일단 링크 스킬부터 볼까?'

링크

분류 : 액티브 스킬　　　　　　　스킬 레벨 : Lv.0

숙련도 : 0%　　　　　　　　　　재사용 대기 시간 : 180분

지속 시간 : 링크 대상을 바꾸기 전까지 지속

사용 조건 : 서로의 거리가 10미터 이내인 유저 혹은 소환수끼리만 가능하며 링크 적용 후 10미터 이상으로 간격이 벌어지더라도 링크가 풀리지는 않지만, 그동안 효과가 적용되지 않습니다.

(타 유저나, 타 유저의 소환수에게 적용 불가능)

두 개체를 링크시켜 입는 피해를 공유하게 만듭니다.

입는 피해의 70%를 직접적으로 타격당한 개체가 받게 되고, 나머지 30%를 링크가 걸려 있는 개체가 나눠 받게 됩니다.

처음 링크 스킬 시전 시 최초 1회에 한해 링크된 두 개체의 체력이 같은 비율로 맞춰집니다.

*숙련도가 올라갈수록 재사용 대기 시간이 줄고 링크 가능 범위가 증가합니다.

한눈에 봐도 괜찮은 스킬이었다.

'그러고 보니 이런 비슷한 스킬을 흑마법사 직업 게시판에서 본 적이 있네.'

흑마법사도 수많은 소환물을 거느리는 직업이었기 때문에 종종 소환술사와 비슷한 직업 스킬을 가진 유저들도 있었다.

이안은 고개를 끄덕였다.

보다 안정적인 사냥에 도움이 될 만한 스킬이었다.

다만 한 군데 정확히 이해되지 않는 부분이 보였다.

'그런데 스킬 최초 시전 시 1회에 한해, 링크된 두 개체의 체력이 같은 비율로 맞춰진다는 건 정확히 무슨 말이지?'

이안은 정확한 스킬의 이해를 위해 곧바로 스킬을 사용해 보기로 했다.

'마침, 전투가 끝나 소환수들 생명력이 들쭉날쭉하니까……'

이안은 라이와 떡대의 남은 생명력을 체크한 후 스킬을 발동시켰다.

"라이, 떡대, 링크!"

그러자 라이와 떡대의 주변으로 붉은 빛이 맴돌더니 두 소환수 사이에 희미하고 반투명한 사슬 같은 것이 생겼다.

그리고 30% 정도밖에 남아 있지 않던 떡대의 생명력이 쭈욱 차오르기 시작했다.

"어어?"

반면에 흡혈로 인해 거의 최대 체력을 유지하고 있던 라이의 생명력이 60% 정도까지 떨어졌다.

그 모습을 본 이안은 스킬 설명이 곧바로 이해되었다.

'아하, 비율을 맞춰 준다는 게 이런 소리였구나. 최대 생명력이 몇이든 관계없이 퍼센트 수치로 맞춰서 평균을 내 버리네.'

쉽게 말해 링크된 두 소환수의 남아 있던 생명력 비율의 평균치가 각 소환수에게 부여된 것이었다.

재사용 대기 시간이 무려 3시간이나 되고 최초 시전 시 1회밖에 적용시킬 수 없는 효과였지만, 활용하기에 따라서 충분히 유용하게 써먹을 수 있을 것 같아 보였다.

'하지만 양날의 검이야. 지금이야 생명력 최대치가 높은 떡대의 생명력이 라이에 비해 상대적으로 낮을 때 사용했으니 이득을 봤지만, 반대로 라이 생명력이 바닥이고 떡대 생명력이 최대일 때 링크를 걸면 상황이 안 좋아질 수도 있겠어.'

이안은 스킬을 사용하기 전에 고려해야 할 사항들을 잘 체크하며 다음 스킬로 눈을 돌렸다.

'동화 스킬은 뭘까?'

그리고 스킬 정보창이 떠올랐다.

동화

분류 : 액티브 스킬　　　　　스킬 레벨 : Lv.0

숙련도 : 0%　　　　　재사용 대기 시간 : 60분

지속 시간 : 30분
사용 조건 : 소환 중인 소환수에게만 사용 가능. 소환수가 역소환되거나 소환 해제 되면 동화 스킬도 해제됩니다.
소환술사가 자신의 소환수에게 동화됩니다.
'동화'가 적용되면 소환술사의 전투 능력치 비율이 해당 소환수의 전투 능력치 비율과 동일하게 맞춰지며, 추가로 소환수 능력치 중 가장 높은 능력치의 20%를 획득합니다.
*숙련도가 올라갈수록 재사용 대기 시간이 줄고 획득하는 능력치의 비율이 증가합니다.

스킬 설명을 전부 다 읽은 이안은 흥미로운 표정이 되었다.

'내 능력치 비율이 소환수와 동일하게 맞춰진다고?'

역시 써 보지 않을 수 없었다.

이안은 잠시 생각한 뒤 동화 스킬을 사용할 대상을 뿍뿍이로 정했다.

'뿍뿍이가 능력치 비율이 가장 비정상적으로 한쪽에 쏠려 있으니까.'

이안은 등에 메달려 있던 뿍뿍이를 내려놓았다.

"뿍뿍아."

이안의 부름에 뿍뿍이가 등껍질에서 고개를 쏙 내밀었다.

뿍뿍-?

매번 봐도 귀여운 모습에, 이안은 미소를 지었다.

"잠시 있어 봐. 스킬 한번 써 보게."

뿍뿍이는 고개를 끄덕였다.

뿍-.

뿍뿍이에게 동의를 얻은 이안은 뿍뿍이의 등껍질 위에 손을 올리고 동화 스킬을 시전했다.

"동화!"

그러자 뿍뿍이에게서 파란 빛이 빨려 나와 이안에게로 흡수되었다.

그리고 스킬 발동이 끝나자 이안은 상태창을 열어 자신의 능력치를 확인했다.

그리고 헛웃음을 지었다.

"컥. 정말 능력치가 뿍뿍이처럼 돼 버렸잖아!"

장비로 인해 추가되는 방어력까지 합하면 1,500에 육박하는 방어력을 갖게 된 것이다.

'이 정도면 거의 떡대 수준이네.'

하지만 반대로 공격력과 순발력은 바닥 수준으로 떨어졌다.

그런데 그때.

뿍-뿌뿍-!

뿍뿍이가 신이 나서 웃으며 이안의 주변을 쪼르르 기어 다니기 시작했다.

"뭐야? 뿍뿍아, 왜 그래?"

뿍-!

무척이나 즐거워 보이는 뿍뿍이를 보며 이안은 불현듯 불안해졌다.

‘뭐지? 미트볼 먹을 때보다 더 좋아하잖아?’

그리고 불가사의한 뿍뿍이의 반응을 보며 불안해하던 그의 눈에, 상태창 옆에 떠 있는 자신의 홀로그램이 들어왔다.

“이게 뭐야!”

그는 자신도 모르게 소리를 질렀다.

홀로그램에 떠 있는 자신의 모습이 너무도 충격적이기 때문이었다.

‘등에 생긴 등딱지 같은 것은 그렇다 쳐도, 머리는 왜 이렇게 커진 거야? 게다가 키도 조금 작아졌잖아!’

뿍뿍이에게 동화된 것은 능력치뿐만이 아니었다.

비주얼도 동화되어 이안의 신체 비율이 대두 거북 뿍뿍이처럼 변해 버린 것이었다.

‘내 훌륭한 비주얼이……!’

이안은 황급히 동화 스킬을 해제하였다.

“해제!”

후우웅―.

그리고 원래의 모습으로 돌아온 이안은 안도의 한숨을 내쉬었다.

“휴우…… 뿍뿍이에게 이 스킬을 쓰는 것은 최대한 자제해야겠어.”

아마 일반적인 전투를 할 때에는 라이나 레이크에게 동화 스킬을 쓸 것 같았기 때문에 상관이 없었다.

어떤 식으로 외형의 변화가 있을지 감이 잡히지는 않았지만, 적어도 방금 전의 충격적인 비주얼보다는 나을 것 같았다.

하지만 뿍뿍이에게 동화 스킬을 써야만 할 상황이 올 것만 같았다.

'아무리 죽기 싫어도 떡대에게 동화를 썼으면 썼지, 뿍뿍이에게만은 쓰지 않겠어.'

한편 주인의 우스꽝스러운 모습을 보고 신이 났던 뿍뿍이는 그가 원래의 모습으로 돌아오자 흥미를 잃었는지 시무룩해져 있었다.

이안은 뿍뿍이를 째려보았다.

"뭘 웃어, 인마."

뿍―!

주인이 다시 변신하길 바라는 마음이 담긴 뿍뿍이의 시선에 이안은 인상을 썼다.

"재밌냐."

뿍뿍이는 한 치의 망설임도 없이 고개를 끄덕였다.

뿍뿍!

이안은 고개를 절레절레 저었다.

"너 방금 형이 왜 그렇게 변한 줄 알아?"

궁금하다는 듯 이안을 응시하는 뿍뿍이를 향해 이안이 불편한 진실을 알려 주었다.

"너 닮아진 거였어, 이 바보야."

뿍뿍이의 동공이 흔들리기 시작했다.

뿍뿍이는 잘생긴 거북인 자신 외모가 절대로 그렇게 우스꽝스러울 리 없다고 생각했다.

뿍–!

뿍뿍이는 애써 현실을 부정했다.

잠시 뿍뿍이를 데리고 놀던 이안은 곧 피로가 몰려오는 것을 느꼈다.

“후, 이제 몇 시간만 눈 좀 붙여 볼까?”

접속 시간을 보니 어느덧 60시간이 다 되어 가고 있었다.

그리고 이제 이안의 정신력에도 한계가 오고 있었다.

“그래도 90레벨은 찍었네, 결국.”

90레벨대에서 3레벨을 올리는 것이 얼마나 힘든지 알고 있는 이안이었지만, 89레벨일 때와는 느낌이 달랐다.

그래도 앞 자릿수를 맞추고 나자 힘이 좀 나는 것 같았다.

“한 5시간만 자고 와야겠어.”

이안은 좌절하고 있는 뿍뿍이를 비롯해 모든 소환수들을 소환 해제한 뒤 접속을 종료했다.

‘음, 가상현실과가 분명 이 건물에 있다고 유현이가 그랬는데…….’

로터스 길드에 들어온 뒤, 하린은 길드원들과 점점 친해졌다.

특히 학교도 같은 곳에 다니는 진성과 유현은 하린과 대화도 많이 나누는 편이었다.

학년은 하린이 하나 더 높았지만, 빠른 연생으로 나이는 같았기 때문에 친구처럼 편하게 지낼 수 있었다.

그리고 극구 거부하는 진성을 설득해서 이제는 말도 편하게 하는 사이가 되었다.

'그나저나 진성이 애는 왜 메시지도 안 보는 거지? 수업 중인가?'

개강 첫날.

수강 변경 기간이어서 그런지, 첫 수업이 일찍 끝난 덕에 하린은 시간이 남았다. 그래서 진성과 유현이 다니는 가상현실과에 놀러 온 것이었다.

그리고 가상현실과 복도에서 두리번거리는 그녀를 많은 학생들이 힐끔힐끔 쳐다보았다.

'우리 과에 저렇게 예쁜 애가 있었어?'

'뭐야, 연극영화과 학생인가? 아니면 연예인 지망생?'

여기저기서 관심을 받으며 복도를 두리번거리던 그녀의 눈에 반가운 얼굴이 보였다.

"어, 유현아! 유현이, 맞지!"

수업을 마치고 세원과 함께 과방으로 돌아오고 있던 유현은 자신을 부르는 낯선 목소리에 화들짝 놀라 고개를 돌렸다.

그리고 그 목소리의 주인공을 발견한 그는 더욱 당황했다.

"어…… 어?"

분명히 자신을 아는 듯한 상대방의 목소리.

상대는 나를 아는데, 나는 상대를 모르는 굉장히 난감한 상황에 봉착한 유현은 혼란에 빠졌다.

'하지만 이렇게 예쁜 여자를 내가 알 리가…….'

그렇게 생각하며 입을 떼려는데, 유현의 머릿속에 문득 떠오르는 것이 있었다.

'혹시, 하린이인가?'

그리고 그녀가 다가오자 유현은 조심스럽게 물어봤다.

"혹시…… 하린이?"

자신을 알아보는 유현의 목소리에, 하린은 반색했다.

"와아, 유현이 너는 바로 알아보네!"

그리고 누군가를 향해 투덜거렸다.

"씨, 내가 그렇게 많이 고치지 않았는데 역시 못 알아본 게 이상한 거였어."

사실 유현은 하린의 얼굴을 보고 알아본 것이 아니었다.

하린이 가상현실과에 놀러 오겠다고 아침에 메시지를 미리 보내 놓았기에 추측했던 것뿐이었다.

그리고 그것과는 별개로 유현과 세원은 벙한 상태였다.

가까이서 본 하린은 멀리서 봤을 때보다도 훨씬 아름다웠기 때문이었다.

놀란 마음을 추스른 유현은 겨우 입을 떼었다.

"수업 다 끝나고 놀러 온다더니, 벌써 수업이 다 끝난 거야?"

유현의 물음에 하린은 고개를 저었다.

"아니, 아직 수업이 끝난 건 아니고. 공강 시간이 좀 길어져서 한번 와 봤어."

대답을 한 하린은 주변을 두리번거리더니 다시 말했다.

"그런데 유현아, 진성이는?"

"진성이 오늘 학교 안 왔어."

"응?"

하린은 이유를 되물으려다 곧 스스로 해답을 깨닫고는 고개를 주억거렸다.

"수강 변경 기간이라고 학교도 안 오고 게임하고 있나 보네."

진성을 제법 잘 파악하고 있는 하린의 모습에, 유현은 헛웃음을 지을 수밖에 없었다.

어둡고 칙칙한 회백색의 로브, 검정색 고깔모자에 자신의 키보다 더 큰 지팡이를 든 우스꽝스러운 모습.

북부 대륙의 어느 설원에서, 흑마법사 '간지훈이'는 열심히 레벨을 올리고 있었다.

"어둠의 심판!"

그의 주문과 함께 그의 손에서 뻗어 나간 시커먼 광선이 90레벨대의 화이트 오우거의 몸통에 작렬했다.

콰앙-!

찰진 타격음과 함께 오우거의 생명력을 쭉 깎아 내리는 준수한 공격력이 펼쳐졌다.

오우거의 주변을 둘러싼 블랙 스켈레톤들이 일사불란하게 움직였다.

훈이의 전투는 무척 깔끔하고 체계적이었다.

외모는 조금 우스꽝스러울지 몰라도, 그 컨트롤만큼은 누가 봐도 감탄스러울 정도였다.

"좋아, 곧 레벨이 하나 더 오르겠군."

전장의 화이트 오우거 세 마리를 깔끔하게 처치한 훈이는 '영혼 흡수' 스킬을 통해 스켈레톤 한 마리를 희생시켜 생명력을 최대치까지 회복시켰다.

그리고 한 손으로 모자를 잡고 삐딱한 각도로 움직였다.

"이안, 놈은 어디 있는 거지?"

훈이는 잊지 않았다, 루키 리그 장외패의 서러운 기억을.

뿌득-.

그리고 자신의 발을 걸어 넘어뜨렸던 대두 거북이도 함께 떠올랐다.

주먹을 꾸욱 말아 쥔 훈이는 계속해서 전의를 불태웠다.

"이 훈이 님이 85레벨이 되었으니, 놈도 이제 80레벨은 넘었겠지?"

그러고 고개를 저었다.

"아니야, 놈은 야비한 소환술사. 어쩌면 비겁한 방법을 써서 벌써 85레벨을 넘었을 수도 있어."

혼자 중얼거리던 훈이는 품속을 뒤적이더니 무언가를 꺼내었다.

그것은 사람의 형상을 한 인형이었다.

훈이는 인형을 노려보며 이를 갈았다.

"비겁한 이안 놈!"

펙-.

주먹으로 인형을 한 대 때린 훈이는 성에 안 차는지 저주 스킬까지 시전했다.

"망자의 저주!"

하지만 인형에게 스킬이 발동할 리가 없었다.

잠시 씩씩거리던 훈이는 곧 인형을 다시 품에 넣고 사냥을 위해 움직였다.

'비겁한 이안 놈을 확실히 이기려면 좀 더 강해져야 해.'

훈이는 비장한 표정으로 걸음을 옮겼다.

방학이 끝난 뒤로 레벨 업 속도가 많이 느려졌다.

‘분발해야겠어.’

이안을 이기지 못한다면 방학 숙제도 하지 않고 사냥만 한 보람이 없었다.

훈이의 걸음이 조금 더 빨라졌다.

100명 가까이 수용할 수 있을 법한 커다란 가상현실과의 메인 강의실.

“구자호.”

“예!”

“김가형.”

“넵.”

한 명, 한 명, 출석을 부르며 출석부를 읽어 내려가던 이진욱은 비교적 익숙한 이름에 잠시 시선이 고정되었다.

‘박진성, 그러고 보니 요놈, 개강 첫 주에 안 나왔었는데?’

물론 첫 주는 수강 변경 기간이기에 나오지 않아도 출석 점수에는 영향이 없었다.

하지만 전공 수업은 변경하게 될 일이 거의 없었으므로 첫 수업부터 나오는 것이 보통이었기에 진욱은 심기가 조금 불편해졌다.

‘내가 방학 중에 전화로 협박까지 했는데, 오늘은 나왔겠

지?’

진욱은 강의실을 둘러보며 진성의 출석을 불렀다.

"박진성-."

하지만 고요한 강의실.

진욱은 설마 하는 마음에 출석을 한 번 더 불렀다.

"박진성? 안 나왔나?"

그런데 그때, 강의실의 뒷문이 벌컥 열렸다.

드르륵-.

"예, 저 왔습니다!"

강의실 안에 있던 모두의 시선이 진성을 향했다.

퀭한 표정에 턱 밑까지 내려온 짙은 다크서클, 거의 패잔병을 연상케 하는 그의 모습에 진욱은 혀를 찼다.

"소란 피우지 말고 얼른 자리에 앉도록."

진욱은 진성을 슬쩍 째려보고는 다음 출석을 부르기 시작했다.

그리고 겨우 시간에 맞춰 강의실에 들어온 진성은 강의실까지 뛰어왔는지 거친 숨을 몰아쉬며 유현의 옆자리에 가 앉았다.

유현은 옆에 앉은 진성을 보며 작은 목소리로 속삭였다.

"그래도 오늘은 출석했네."

"후, 내가 그 정도로 막장은 아니다, 인마."

하지만 유현은 전혀 동의할 수 없다는 표정으로 대꾸했다.

"인마, 막장이 아닌 놈이 이번 주도 사흘이나 학교를 안 나와?"

수강 변경 주가 지나고 그다음 주도 사흘이나 빼먹은 진성이었기에, 유현의 핀잔은 당연한 것이었다.

하지만 진성은 비장한 표정으로 대꾸했다.

"그럴 만한 이유가 있었다."

"무슨 이유?"

진성은 대답 대신 주머니 속에서 스마트폰을 꺼내었다.

"바로 이걸 위함이지."

그리고 진성이 보여 준 스마트폰의 화면에는 진성의 캐릭터인 이안의 상태창이 스크린샷으로 찍혀 있었다.

"음……?"

그리고 그것을 확인한 유현의 두 눈이 화둥잔만 해졌다.

"뭐야, 레벨이 93이야?"

너무 놀라서 하마터면 큰 소리로 말할 뻔한 것을 진성이 주의를 줘서 겨우 무마시켰다.

과의 모든 학생이 들어야 하는 필수 전공 수업이었기에 강의실이 커서, 다행히 이진욱 교수의 귀에는 들어가지 않은 듯했다.

"보면 모르냐, 짜샤. 형이 이 정도다."

유현은 진성의 잘난척에 대꾸해 줄 생각조차 못 하고 멍하니 스마트폰의 화면을 응시했다.

'93레벨이라니…… 내가 이제 100레벨을 겨우 넘겼는데.'

지금 유현의 레벨은 103, 자신도 방학 동안 제법 빠르게 레벨 업을 했다고 자부했다.

그런데도 이제 진성과의 레벨 차이가 10밖에 나지 않을 정도로 따라잡힌 것이었다.

'얘가 초기화할 때 내 레벨이 몇이었지?'

정확히 기억은 안 났지만, 80레벨 언저리 정도였던 것 같았다.

유현은 고개를 절레절레 저었다.

아무리 플레이 타임이 월등하고 초기화로 인해 추가 스텟 보정을 받았다고 하더라도 믿을 수 없는 레벨 업 속도였다.

이대로라면 정말 따라잡히는 건 시간문제라는 생각이 들었다.

"이 괴물 같은 놈."

유현의 투덜거림에 진성은 피식 웃었다.

"부러우면 부럽다고 해라, 인마."

유현은 순순히 인정했다.

"그래, 부럽다. 휴……."

그리고 유현과 진성이 투닥거리는 동안 출석을 다 부른 이진욱 교수의 강의가 시작됐다.

그리고 강의가 시작되자마자, 진성은 여지없이 책상에 엎어져 곯아떨어졌다.

그다지 새로울 것도 없는 모습이었기에, 유현은 피식 웃고 말았다.

'그렇게 잠까지 줄여 가면서 미친 듯이 게임했으니 피곤한 게 당연하지.'

그런데 수업이 끝나갈 무렵, 잠만 자던 진성이 기적적으로(?) 눈을 비비며 일어났다.

"뭐야, 왜 일어났어? 악몽이라도 꿨냐?"

유현의 비아냥거림에도 아랑곳 않고, 진성은 스마트폰을 꺼내어 들었다.

그리고 유현은 흥미로운 표정으로 진성의 행동을 지켜보았다.

'뭐 하는 거지?'

진성은 스마트폰을 두들기더니 예의 그 스크린샷 이미지를 다시 열었다.

'뿌듯해서 계속 보는 건가?'

그런데 그때.

진성이 그 이미지를 어디론가 전송하는 것이 아닌가.

그리고 의도치 않게 그 전송 대상을 확인한 유현은 기겁했다.

"얀마, 뭐 하는 짓이야? 너 잠 덜 깼지?"

"무슨 소리야, 난 아주 말짱하다고."

"미친, 멀쩡한 놈이 교수님 번호로 게임 스크린샷을 전송

해?”

　진성과 이진욱 교수의 내기 내용을 알 리 없는 유현으로서는 진성이 미친놈으로밖에 보이지 않았다.

　하지만 당사자인 진성은 실실 웃을 뿐이었다.

　그리고 그때, 교단에 놓여 있던 이진욱 교수의 스마트폰이 진동했다. 그러자 그는 강의를 잠시 멈추고 스마트폰을 들어 확인했다.

　“야, 어떻게 해? 교수님 스마트폰 보신 것 같아!”

　“걱정 말고 짐이나 싸, 인마. 이제 수업 끝났다.”

　진성의 말대로 수업은 이제 끝나가고 있었다.

　그리고 5분 뒤, 이진욱 교수의 마지막 한마디를 들은 유현은 진성을 보며 한숨을 푹 내쉴 수밖에 없었다.

　“자, 오늘 수업은 여기까지 한다. 다들 나가 봐도 좋아. 박진성 학생만 잠시 남도록.”

　수업이 끝나고 이진욱 교수의 교수실로 끌려(?)간 진성은 소파에 앉아 의기양양한 표정을 짓고 있었다.

　그리고 이진욱 교수는 그의 맞은편에 앉아 찻잔을 홀짝이고 있었다.

　잠시 후, 이진욱의 입이 먼저 떨어졌다.

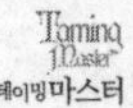

“아까 보낸 그 이미지. 설명해 보게.”

“제 카일란 캐릭터 상태창입니다. 교수님께서도 카일란 유저라고 하셨으니, 보자마자 아시지 않았습니까?”

“크흠…….”

이진욱이 헛기침을 하자, 진성은 추궁하듯 덧붙였다.

“혹시 저와의 내기를 잊으신 건 아니겠죠?”

이진욱은 골이 당기는 것을 느꼈다.

사실 그는 내기 같은 건 잊고 있었다. 그건 내기였다기보다는 학교 수업에 좀 더 충실하라는 협박에 가까운 것이었으니까.

진성이 해낼 수 있을 가능성에 대해서는 당연히 생각조차 해 본 적이 없었다.

잠시 고민하던 이진욱은 천천히 입을 열었다.

“잊진 않았지…….”

그 말에 진성은 의기양양한 표정이 되었다.

“후후, 교수님께서 설마 학생을 상대로 두말하진 않으시겠죠?”

진성은 이제 다 되었다고 생각했다.

이제 확답만 받으면 최소 이진욱 교수의 수업에서는 해방될 수 있었다.

이진욱 교수의 수업이 무려 전공 수업만 두 개나 되었으니, 이것은 엄청난 메리트였다.

하지만 진성의 예상과 다르게, 이진욱은 진성이 듣고 싶은 말을 바로 해 주지 않았다.

그는 그렇게 호락호락한 인물이 아니었다.

"그런데 그 내기. 내 기억으로는 '개강 전'까지가 기한이었던 걸로 기억하는데 말이야."

날카로운 이진욱의 지적에 진성은 움찔했다.

사실 그 부분이 진성으로서도 가장 찔리는 구석이었기 때문이었다.

당황한 진성은 열심히 변명을 내 놓았다.

"그게…… 저…… 교수님."

"뭔가?"

"제가 사실 93레벨은 개강 전에 찍었는데요."

"그래? 그렇다면 지난주에 보여 줬어야지. 내가 알기론 지난주에 자네는 수업에 나오지도 않았었는데?"

"제가 어제까지 몸이 너무 안 좋아서……."

지나가던 초등학생이 듣는다고 하더라도 비웃을 정도의 궁색한 변명이었다.

하지만 딱히 대안이 없었다 그저 '그랬다'고 우기는 수밖에.

이진욱 교수가 LB사에 직접 방문해서 이안 캐릭터의 접속 로그라도 뜯어보지 않는 이상 진성이 틀렸다는 증거를 찾아낼 수는 없었으니까.

"그 말을 지금 나더러 믿으라는 건가?"

기왕 이렇게 된 것 진성은 끝까지 밀어붙이기로 결심했다.

"하지만 정말인 걸 어떻게 합니까, 교수님."

그리고 한편으로는 울상이 된 표정으로 열심히 자신의 무고를 어필했다.

너무 박박 우기기만 하는 것도 좋지 않은 결과를 초래할 수 있다는 사실을 잘 알았기 때문이었다.

'어찌 됐든 계약서 같은 게 있는 것도 아니고, 교수가 없던 일로 만들어 버리면 내 입장에선 억울해도 할 수 있는 게 없으니까……'

교수의 기분이 상하지 않게 하는 것도 무척이나 중요했다.

"크흠."

그리고 겉으로는 못마땅한 표정을 짓고 있던 이진욱이었지만, 속으로는 적잖이 놀란 상태였다.

'이 스크린샷이 합성이 아니라면, 이거 정말 대단한 놈인데 말이야.'

비록 라이트 유저이기는 했지만, 그 또한 소환술사 캐릭터를 육성 중인 어엿한 카일란의 유저였다.

이 시점에서 93레벨의 소환술사가 얼마나 대단한 건지는 충분히 인지하고 있다는 이야기였다.

게다가 얼마 전에 게임 방송에서 소환술사 공식 최고 레벨이라는 유저가 78레벨이라며 인터뷰하는 장면도 얼핏 본 기억이 있었다.

‘이놈이 거짓말을 하는 게 아니라면 내 자료 수집에 요놈을 좀 써먹을 수도 있을 것 같은데.’

꿍꿍이가 생긴 이진욱은 잠시 판단을 보류하기로 결정했다.

“자네, 이번 주 일요일에 따로 일정 있나?”

다소 뜬금없는 질문에 진성은 당황했지만, 곧 대답했다.

“저…… 아마 집에서 카일란을 할 것 같은데요.”

이진욱은 고개를 끄덕이며 말을 이었다.

“그럼 일요일에 카일란에서 보도록 하지.”

“예에?”

“뭘 그리 놀라고 그러는가? 일요일 오후 2시에 로보스 마을에서 보도록 하세.”

진성은 잠시 고민했다.

‘이 영감이 내가 지금 거짓말이라도 하는 거라고 생각하나?’

그리고 슬쩍 이진욱의 눈치를 봤다.

‘아무래도 내가 준 이미지를 합성으로 생각하는 것 같은데…….’

카일란 내에서 직접 만나서 레벨을 확인하려는 것이리라.

결론을 내린 진성은 고개를 끄덕였다.

“알겠습니다, 교수님.”

“그래, 그럼 그때 보도록 하지.”

대답을 하고 진욱이 자리에서 일어나자 이안은 따라 일어나며 다시 한 번 내기를 상기시켰다.

"교수님, 내기는 제가 이긴 것 맞죠?"

하지만 이진욱은 곧바로 원하는 대답을 주지 않았다.

"그 얘기는 일요일에 만나서 하도록 하겠네."

그렇게 진성은 찜찜한 기분으로 교수실을 나올 수밖에 없었다.

"크으, 드디어 해방이다!"

카일란에 접속한 이안은 감격스러워 눈물이라도 날 것 같았다.

'이제 학기 중에도 좀 더 카일란에 집중할 수 있겠어!'

기한 내에 93레벨을 찍기 위해 삼도 줄여 가며 얼마나 열심히 사냥만 했던가. 이제야 숨통이 좀 트이는 기분이었다.

아직 이진욱 교수에게 확답을 받은 것은 아니었지만, 토요일이 되면 자연히 해결될 일이라 믿었다.

어쨌든 내기는 자신이 이긴 것이었으니까.

'후, 이제 레벨 업에 대한 압박에서 좀 벗어났으니, 미뤄 뒀던 퀘스트나 하나씩 정리해 볼까?'

이안이 지금 방치하고 있는 퀘스트는 크게 두 가지였다.

하나는 드래곤 테이머 오클리로부터 받은 차원의 마탑 퀘스트, 또 하나는 루스펠 제국의 황제 셀리어스로부터 받은 그리핀 알 부화 퀘스트다.

'일단 차원의 마탑 퀘스트를 먼저 하는 게 좋을 것 같아서 포르칼 산맥을 넘긴 했는데…….'

차원의 마탑 퀘스트는 제한 시간이 없다.

반면에 그리핀 알 부화 퀘스트의 제한 시간은 '알 수 없음'이었다.

이 부분만 놓고 본다면 그리핀 알 부화 퀘스트가 더 시급하긴 하지만…….

'당장에 내가 알 부화를 위해서 할 수 있는 게 없는데 어떡해?'

사냥 도중 틈나는 대로 소환술사의 탑 같은 곳의 NPC들에게 소환수 알의 부화에 관한 정보를 얻기 위해 노력했지만 딱히 쓸 만한 정보는 하나도 나오지 않았다.

이안의 성격상, 길이 잘 보이지 않는 퀘스트보다는 당장 진행할 수 있는 퀘스트부터 시작하는 쪽으로 마음이 기울었다.

게다가 차원의 마탑을 클리어할 시 졸업 아이템급인 드래곤 머리 장식의 봉인을 풀 수도 있었고, 어쩌면 신룡이라 불리우는 워 드래곤을 소환수로 얻을 수 있을지도 몰랐다. 퀘스트 보상에 대한 기대치 자체가 달랐던 것이다.

'일단 차원의 마탑으로 가 보자.'

차원의 마탑은 작열의 대지를 지나 멀지 않은 곳에 있었다.

마탑 근처에 서식하는 몬스터들의 레벨대는 80~90 정도로 오히려 북부 대륙보다 하위 레벨의 몬스터들이었기 때문에 지금의 이안에게는 아무런 걸림돌이 되지 못했다.

마음을 정한 이안은 곧바로 라이를 타고 차원의 마탑을 향해 달렸다.

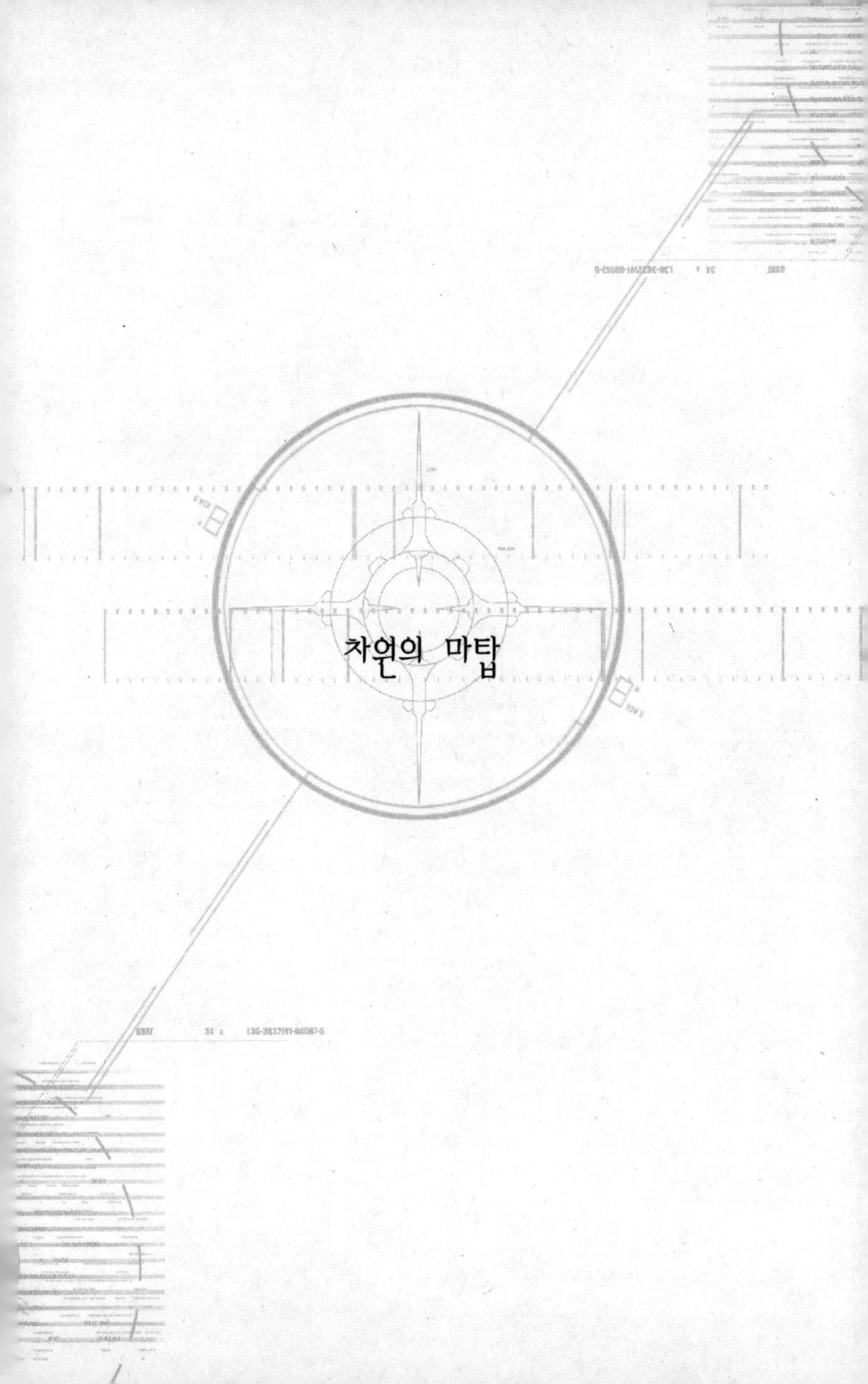
차원의 마탑

Taming Master

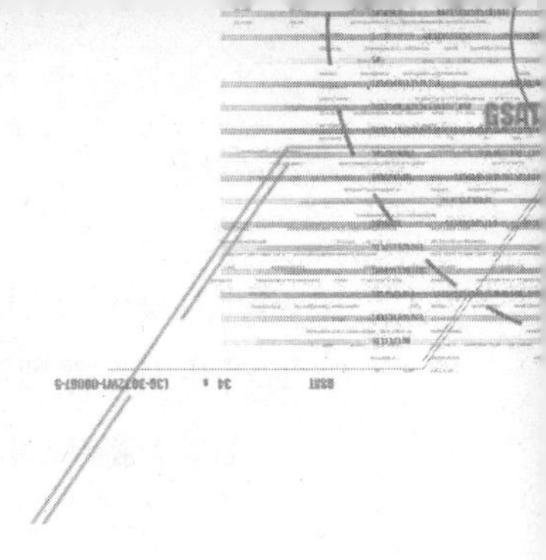

‘여길 직접 와 보는 건 처음이네.’

차원의 마탑은 초기화 전에도 와 본 적이 없는 곳이었다.

마법사 중에서도 히든 클래스인 ‘공간술사’의 직업 퀘스트가 아니면 올 일이 없는 곳이었고, 이안이 초기화하기 전에는 마탑의 존재 자체를 아는 사람도 많지 않았다.

‘역시 썰렁하네. 하긴, 여길 올 일이 있는 유저가 얼마나 되겠어.’

이안은 속으로 중얼거리며 마탑의 입구로 들어갔다.

그리고 그의 눈앞에 나타난 것은 칠흑같이 어두운 빛이 일렁이는 신비한 공간이었다.

“포털인가?”

이안은 슬쩍 그 안으로 발을 내디뎠다.

그러자 시스템 메시지가 떠올랐다.

—마탑의 상층부로 올라가시겠습니까?

"그러지 뭐."

이안이 승낙을 하자 그의 신형이 어디론가 빨려 들어갔다.

후우웅—.

그리고 약간의 공명음과 함께, 이안은 위층에 도착했다.

그리고 그 층의 반대편 공간에 방금 이안이 사용한 포털과 같은 포털이 또 일렁이는 것을 발견했다.

'저걸 타고 계속 위로 올라가면 되는 건가?'

그렇게 생각하며 이안이 발걸음을 옮기려 하던 그때, 그의 바로 앞 공간이 일그러지며 새하얀 빛이 튀어나왔다.

갑작스러운 현상에 이안은 움찔했다.

"뭐야?"

그리고 그의 앞에 나타난 것은 이안도 익히 알고 있는 몬스터들이었다.

'뭐지? 여기서 트롤이 왜 나와?'

그리고 몬스터들의 뒤편에 쳐진 푸른 장막.

그것을 본 이안은 문득 지금 상황을 깨달았다.

'저건 결계인 거 같은데…… 매 층 올라가려면 앞을 막는 몬스터들을 잡아야 하는 건가?'

대충 상황 파악이 된 이안은 모든 소환수들을 전부 소환했다.

마지막으로 소환된 쨱이가 언제나처럼 부산을 떨며 이안의 주변을 날아다니기 시작했다.

'으, 이 시끄러운 녀석. 그나저나 요놈은 대체 전류 증식을 얼마나 더 써야 진화할 수 있는 거야?'

레벨이 90이 넘을 때까지 주야장천 전류 증식 스킬을 난사해 온 이안이었지만, 아직도 쨱이는 단 한 번도 진화시키지 못한 상태였다. 이안은 생각난 김에 쨱이의 정보를 확인했다.

쨱이

정령력 : 975/1,000

수치상으로 보기에는 MAX까지 얼마 남지 않은 듯했다.

하지만 이안은 고개를 절레절레 저었다.

'950 넘긴 지가 언젠데 아직도 975라니…….'

처음 쨱이를 얻었을 땐 전류 증식을 조금만 사용해도 정령력이 금방금방 올랐었다.

그래서 금방 진화를 시킬 줄 알았건만, 정령력 수치가 높아질수록 성장하는 속도가 무척이나 더뎌진 것이었다.

'그래도 이제 25 정도면 크게 오래 걸리진 않겠지.'

쨱이의 정보창을 닫은 이안은 레이크와 라이에게 명령을 내렸다.

"레이크, 라이, 후딱 잡고 넘어가자!"

크르릉-!

라이는 곧바로 전투 자세를 잡았지만, 레이크는 심드렁한 표정이었다.

푸릉- 푸릉-.

눈앞의 트롤들이 같잖다는 반응이었다.

그도 그럴 것이, 영웅 등급인 데다 이제 95레벨인 레이크에 비해, 눈앞의 트롤들은 너무도 초라한 수준이었다.

트롤들의 레벨은 고작 55~60 정도인 데다가 일반 등급의 몬스터인 것이다.

하지만 이안은 레이크의 반응이 마음에 들지 않았다.

"얀마, 거만 떨지 말고 빨리 가서 잡아. 일 안 하면 너 헬리얀 님에게 돌려보내 버린다?"

우연히 알게 된 사실이었지만, 레이크는 용암 속성을 띤 정령인 주제에 더운 것을 무척이나 싫어했다.

그래서 후덥지근한 용암의 근원지로 돌려보낸다는 이안의 협박은 제법 효과가 있었다.

물론 뿍뿍이에게 미트볼로 하는 협박만큼 확실하지는 않았지만.

캬오-.

이안의 협박에 번뜩 정신이 든 레이크는 곧바로 트롤들을 향해 달려들었다.

사방에서 열기가 새어 나오는 작열의 대지는 생각만 해도 끔찍했다.

그리고 그와 동시에 라이도 앞으로 튀어 나갔다.

화르륵-.

레이크의 고유 능력인 '용암의 지배자' 효과가 터지자 트롤들이 순식간에 잿빛으로 변하며 사라졌다.

떡대가 앞에 나가서 탱킹할 가치도 없는 허약한 적들이었다.

그리고 트롤들이 전부 사라지자, 예상했던 대로 푸른 장막이 사라지며 길이 열렸다.

이안은 만족스러운 미소를 지으며 걸음을 옮겼다.

"자, 올라가 볼까?"

이안이 차원의 마탑 최상층인 15층까지 올라가는 데 걸린 시간은 불과 30분 남짓 정도였다.

매 층 올라갈 때마다 등장하는 몬스터들의 레벨이 조금 올라 마지막 층으로 올라올 때는 90레벨이 넘는 몬스터와 싸워 이겨야 했지만, 그렇게 어려운 상대는 아니었다.

'이게 지금 레벨 좀 많이 올리고 와서 이렇게 쉽지, 당시에 곧바로 도전했었다간 뼈도 못 추릴 뻔했어.'

이안이 퀘스트를 받을 당시의 레벨은 50도 되지 않았을 때였다.

물론 B급 난이도의 퀘스트였기 때문에 바로 갈 일은 없었겠지만, 아마 이안의 성격상 70레벨이 조금 넘은 수준에서 곧바로 도전하기 위해 왔었을 것이었다.

이진욱 교수와의 내기 때문에 레벨 업에 시간이 묶여 있었던 탓에 그러지 못했던 것이다.

'자, 이제 차원의 마도사인지 뭔지 만날 수 있으려나?'

그리고 그의 예상대로, 차원의 마도사 '그리퍼'의 연구실이 마탑의 최상층에 자리 잡고 있었다.

구석에 앉아 연구에 열중하고 있는 그리퍼를 향해 이안은 성큼성큼 다가갔고, 이안을 발견한 그리퍼는 자리에서 일어나 반가운 표정으로 그를 맞았다.

"오호, 이게 얼마 만의 손님인지 모르겠구먼. 여기까지 올라온 걸 보니, 제법 실력이 있는 여행자로군."

그의 호의적인 모습에 이안은 속으로 중얼거렸다.

'까칠하게 생겼는데 의외네?'

그리고 그의 첫마디와 함께 이안의 눈에 시스템 메시지가 떠올랐다.

-'잊힌 고대 몬스터의 흔적' 퀘스트를 완료하셨습니다.

-567,500의 경험치를 획득합니다.

퀘스트 완료 메시지를 본 이안은 그리 많은 경험치는 아니지만 공짜로 얻은 것 같은 기분에 흡족한 표정이 되었다.

그리고 그리퍼를 향해 용건을 꺼냈다.

"반갑습니다, 그리퍼 님. 저는 드래곤 테이머 오클리 님의 부탁을 받아 이곳에 오게 된 소환술사 이안이라고 합니다."

이안의 말에 그리퍼의 두 눈이 조금 커졌다.

"오클리? 설마 전설의 드래곤 테이머 오클리 님을 말하는 건가?"

이안은 고개를 끄덕였다.

"맞습니다."

"허허, 살아생전에 내가 그분의 존함을 다시 들을 날이 올 줄이야."

"오클리 님을 잘 아십니까?"

"잘 안다고는 할 수 없네만, 존경하는 분이지."

그리퍼는 이안의 손을 잡아끌었다.

"이쪽으로 오시게. 앉아서 얘기하도록 하세."

그렇게 그리퍼의 연구실에 마주앉은 두 사람은 대화를 나누기 시작했다.

일단 오클리의 부탁으로 왔다는 사실 하나만으로도 이안은 그리퍼에게 무척이나 흥미로운 존재였기 때문에, 대화는 술술 진행되었다.

그리고 이안은 그리퍼가 하는 이야기를 꼼꼼히 기억했다.

'차원의 마도사라는 수식어에 정말 어울리는 능력을 갖고

있는 놈이네.'

그리퍼는 시공을 뛰어넘어 차원의 문을 열 수 있는 능력을 가지고 있었다.

물론 아무 조건 없이 가능한 능력은 아니었다.

해당 시간, 그리고 공간에 있었던 특별한 물건이 있어야만 가능한 일이었다.

"그러니까 이 영혼석을 깨우려면 지금 하시는 연구가 마무리되어야 한다는 거죠?"

요점을 정리하는 이안의 물음에 그리퍼는 고개를 끄덕였다.

"바로 그렇지."

막상 영혼석을 다시 꺼내 들자, 그동안 잊고 있었던 신룡에 대한 기대감이 슬그머니 고개를 들어 올렸다.

이안은 더욱 의욕이 솟는 것을 느꼈다.

"제가 도울 수 있는 게 있을까요?"

그리퍼는 환하게 웃으며 고개를 끄덕였다.

"물론이네. 그러니까 내 자네에게 이리 열심히 설명하지 않았겠는가."

"그렇군요."

"물론 내 부탁을 들어줄 테지?"

그리고 그의 말과 함께 이안의 앞에 퀘스트 창이 떠올랐다.

띠링-.

오클리로부터 받았던 퀘스트의 연계 퀘스트여서 그런지
'파티 불가'라는 퀘스트 조건과 '거부할 수 없는 퀘스트'라는
옵션이 그대로 딸려 들어왔다.

이안은 뭔가 기분이 찜찜해졌다.

'어차피 포기할 생각은 없지만, 그래도 거부할 수 없는 퀘
스트라는 조건은 역시 좀 찜찜해.'

퀘스트 난이도도 A등급으로 올랐다.

도전하기 무서울 정도의 난이도는 아니었지만, 그래도 결
코 쉽게 볼 수 있는 수준의 난이도도 아니었다.

이안은 뒷머리를 긁적이며 대답했다.

"뭐, 알겠습니다. 그럼 제가 유물의 조각을 모아 오면 되

는 거죠?"

그리퍼는 고개를 끄덕였다.

"그렇지."

그리고 성질 급한 이안은 곧바로 일어섰다.

"지금 바로 움직이죠, 뭐. 어디로 가면 됩니까?"

그런 그의 모습에 그리퍼는 웃으며 따라 일어났다.

"워, 워. 잠시만 기다리시게. 자세는 유물이 어떻게 생긴 물건인지도 모르지 않는가?"

어차피 게임 시스템이 알려 줄 건데 무슨 상관이냐는 말이 목구멍 밖으로 튀어 나오려는 것을, 이안은 가까스로 참아 내었다.

"그……건 그러네요."

이안을 잠시 자리에 세워 둔 그리퍼는 자신의 연구실 창고에 들어가 마치 돋보기같이 생긴 물건을 하나 가지고 나왔다.

"자, 이걸 받으시게."

"이게 뭔가요?"

"고대 유물을 감별할 수 있는 도구야. 총 여섯 종류의 다른 유물들을 하나씩 모아 와야 하는데, 생김새가 거의 똑같거든. 이 감별 장치가 없으면 자네는 아마 구분하기 힘들 거야."

이안은 물건을 품속에 집어넣으며 대답했다.

"그렇군요."

잠시 뜸을 들인 그리퍼의 말이 다시 이어졌다.

"내가 여는 포털은 아마 고대 아르노빌 제국의 유적 지하 던전으로 이어질 걸세. 자네는 그곳으로 들어가 '도굴꾼의 영혼'이라는 녀석을 잡으면 되지."

"도굴꾼의 영혼이 유물 조각을 가지고 있나 보군요."

그리퍼는 고개를 끄덕였다.

"그렇다네. 그에게서 얻은 유물 조각을 내가 준 감별기로 감별해서 서로 다른 여섯 가지의 유물을 다 모은 뒤 포털을 통해 다시 돌아오시게나."

이안은 고개를 끄덕였다.

그가 생각하기에 크게 복잡할 것 없는 단순 노가다 퀘스트였다.

"알겠습니다."

포털로 들어가려는 이안에게 그리퍼가 한마디 덧붙였다.

"아, 이 포털은 사흘이 지나면 자동으로 닫히게 되니, 그 전에 꼭 돌아오시게. 아마 사흘이면 시간이 모자랄 일은 없을 거야."

퀘스트를 진행해 보기 전엔 여유로운 시간일지 어떨지 모르는 일이었지만, 제한 시간이 있다면 일단 최대한 빠르게 움직이는 게 중요했다.

"예, 걱정 마세요."

간결하게 대답한 이안은 망설임 없이 차원의 포털을 향해 걸음을 내디뎠다.

‘아르노빌 제국이라면, 카이몬 제국의 전신인 걸로 알고 있는데…….’

콜로나르 대륙을 양분하고 있는 두 개의 거대 제국 중 하나인 카이몬 제국, 그리고 그 카이몬 제국의 전신이 바로 아르노빌 제국이었다.

이안이 이 대륙의 역사 속에 있는 과거의 제국 이름을 알고 있는 이유는 다른 것이 아니었다.

처음 카일란을 시작하는 유저는 원하든 원치 않든 대륙의 역사가 담긴 15분짜리 영상을 캡슐 속에서 관람해야 했기 때문이다.

게다가 그 영상은 제법 재밌는 편이어서 그것에 불만을 갖는 유저는 게임 초기에도 많지 않았다.

‘어디 보자, 여기 몬스터 레벨들은 몇쯤 되려나…….’

유적 지하 던전에 출몰하는 몬스터들은 모두 유령이나 스켈레톤 같은 형상을 가지고 있었다.

다만 특이한 점은 사람의 형태보다도 몬스터의 형태를 한 유령이나 뼈다귀가 더 많다는 점이었다.

‘레벨은 90대 초반 정도면 사냥하기 딱 적당하네. 스노우 가고일들이랑 비슷하겠어.’

그리퍼가 말한 ‘도굴꾼의 영혼’이라는 녀석은 아직 눈에 보이지 않았지만, 이안은 몸이 근질거렸다.

그 이유는 바로 눈앞에 떠오른 시스템 메시지 덕분이었다.

-던전의 최초 발견자가 되셨습니다.

-앞으로 닷새 동안 던전에서 획득하는 모든 경험치가 두 배가 됩니다.

-앞으로 닷새 동안 던전에서 아이템을 획득할 확률이 두 배가 됩니다.

하지만 그 순간 이안의 머릿속에 사흘이라는 퀘스트 제한 시간이 동시에 떠올랐다.

이안은 입맛을 다셨다.

'이럴 거면 제한 시간도 닷새로 해 주든가.'

닷새를 꽉 채워 사냥하지 못한다는 것에 아쉬움이 조금 생겼지만, 사실 사흘이라도 감지덕지였다.

이안은 함지박만 한 미소를 지으며 전투를 위해 몸을 움직였다.

"음, 아무리 뒤져 봐도 역시 아르노빌 제국 고대 유적에 대한 정보는 전무하다시피 하네."

하루 종일 이 잡듯 던전을 쓸고 다니던 진성은 식사 때도 됐고, 정보도 찾아볼 겸 캡슐에서 잠시 나왔다.

"최초 발견 메시지까지 뜬 마당에 큰 기대는 안 했지만……."

　진성이 찾고 있던 것은, 지금 퀘스트에서 가장 중요한 '도굴꾼의 영혼' 몬스터에 관한 정보였다.

　반나절 동안 사냥하면서 '도굴꾼의 영혼' 몬스터는 스무 마리도 채 만나지 못했기 때문이었다.

　게다가 퀘스트 아이템의 드롭율은 또 얼마나 낮은 건지, '고대 유물의 조각' 아이템은 이제 겨우 두 개 획득했을 뿐이었다.

　그마저도 같은 조각이 나와서 열불 터지는 경험을 한 것은 덤이었다.

　'으, 이대로 가면 사흘 안에 못 할 수도 있을 것 같은데…….'

　계속해서 마우스를 딸깍거리며 게시판을 뒤적거리던 진성의 눈에 드디어 '도굴꾼'이라는 단어가 들어왔다.

　'어? 도굴꾼의 영혼이라는 이름은 아니지만, 혹시……?'

　게시글의 제목에 쓰인 이름은 '도굴꾼의 영혼'이 아닌 '도굴꾼 코볼트' 몬스터에 관련된 것이었다.

　하지만 진성은 지푸라기라도 잡는 심정으로 게시물을 클릭했다.

　―제목 : 하…… 도굴꾼 코볼트만 일주일 동안 잡았네요.

　칼리브 영지의 영주인 '스이칸 남작'에게서 '잃어버린 유물' 퀘스트를 받았던 유저입니다.

　히든 퀘스트이긴 한데, 시간도 엄청 오래 걸리는 데다 보상도 별로 좋

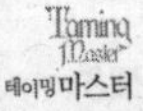

지 않아서 저 이후로 또 누가 이 퀘스트를 할까 싶습니다만, 그래도 팁이랄 만한 게 있어서 한번 끄적여 봅니다.

제가 받았던 퀘스트는 유물의 조각들을 모아서 복원하는 퀘스트였습니다.

유물은 도굴꾼 코볼트를 잡으면 확률적으로 드롭되는 방식이었고요.

여기까지 읽은 진성은 일단 속으로 쾌재를 불렀다.
'이거 내가 받은 퀘스트랑 방식이 엄청 비슷하잖아.'
그리고 집중해서 나머지 내용을 읽어 내려가기 시작했다.

일단 이 퀘스트의 지랄맞은 점은 유물 조각이 같은 게 또 나올 수 있다는 점입니다.

총 4개의 서로 다른 조각을 모아서 유물을 하니로 완성해서 가저가면 클리어되는 퀘스트였는데, 설명하기 쉽게 표현하자면, 3번 조각만 죽어라고 나오질 않는 겁니다.

조각 자체의 드롭율도 낮은데 자꾸 다른 조각만 계속 나오니 미쳐 버릴 노릇인 거죠.

진성은 게시물을 올린 유저의 마음을 십분 이해한다는 듯 고개를 주억거리며 중얼거렸다.
"확실히 지랄맞은 퀘스트이긴 하지."
정말 진성이 지금 진행 중인 퀘스트와 판박이인 퀘스트

였다.

괜찮은 정보를 얻을지도 모른다는 기대감으로, 진성은 스크롤을 계속 내렸다.

그런데 일주일이 거의 다 되어서야 안 사실이지만, 이 도굴꾼 몬스터의 퀘스트 아이템 드롭율이 낮은 이유가 있었습니다.

몬스터를 잡을 때 등에 메고 있는 보따리를 손상시키면 아이템 드롭율이 낮아지는 것이었죠.

실제로 제가 실험을 해 봤는데, 거의 열 마리에 한 번꼴로 드롭되던 퀘스트 아이템 조각이, 보따리를 훼손시키지 않고 잡자 2~3회에 한 번 정도로 급격하게 확률이 올라갔습니다.

저야 퀘스트 다 깨 갈 즈음 알게 된 사실이지만, 미리 알고 퀘스트 진행하신다면 많은 도움이 될 것 같아 이렇게 글 올려 봅니다.

여기까지 글을 읽은 진성의 표정이 눈에 띄게 밝아졌다.

"그럼 그렇지, 역시 뭔가 비밀이 있는 거였어."

진성은 확신했다.

같은 퀘스트는 아니었지만, 분명 자신이 진행 중인 퀘스트에도 통용되는 팁일 거라는 느낌이 온 것이다. 시작부터 연계 퀘스트를 실패할 위기에 처할 뻔했던 진성은 안도의 한숨을 내쉬었다.

"한번 시험해 봐야지."

원래 식사를 마친 뒤 오늘은 취침할 예정이었지만, 지금 얻은 정보를 확인해 보기 전에는 잠이 오지 않을 것 같았다.

진성은 빠르게 식사를 마치고 서둘러 카일란에 접속했다.

이틀 뒤.

"으아아! 미치겠네 진짜!"

그리퍼에게서 받은 돋보기로 방금 얻은 유물 조각을 감정해 본 이안은 자신도 모르게 괴성을 질렀다.

"아오, 이거 진짜 확률 조작 아니야?"

커뮤니티에서 도굴꾼에 관한 정보를 얻은 뒤, 이안의 퀘스트 신행은 한동안 무척이나 순조로웠다.

중복되는 조각 없이 여섯 조각 중에 다섯 조각을 하루 만에 다 모은 것이다.

하지만 퀘스트 마지막 날이 문제였다. 벌써 조각을 다섯 개째 획득했지만 그가 필요로 하는 4번 조각은 단 한 개도 나오지 않았다.

'진짜 미쳐 버리겠네. 시간은 얼마나 남았지?'

이안은 퀘스트 창을 열어 남은 시간을 확인했다.

남은 시간 : 03 : 39 : 21

그리고 저절로 한숨이 나왔다.

'와, 이제 4시간도 안 남았네?'

지금까지의 페이스로 봐서는 3시간 정도에 획득할 수 있는 유물 조각은 많아야 두 개 정도였다.

다섯 번씩이나 나오지 않은 4번 조각을 남은 시간 내에 획득할 수 있을지는 정말 미지수였다.

'이럴 줄 알았으면 첫날 사냥은 좀 미뤄 두고 도굴꾼 영혼부터 찾으러 다닐걸…….'

최초 발견 버프 때문에 신이 나서 보이는 족족 몬스터를 쓸어 담은 것이 화근이었다.

하지만 지금 와서 후회한다고 달라지는 것은 없었기에, 이안은 다시 열심히 움직였다.

"클로피아, 저쪽으로 가서 도굴꾼 찾으면 바로 알려 줘!"

꾸륵– 꾸륵–.

이안의 빙의 셔틀이었던 클로피아는 이번 퀘스트에서 도굴꾼을 찾는 데 제법 큰 도움이 되었다.

기본적으로 민첩성이 높은 데다 고유 능력인 바람 타기 특성 때문에 이동 속도가 엄청났기 때문이었다.

'이 던전에 원거리 공격이 가능한 몬스터가 없었던 게 정말 다행이었지.'

클로피아의 바람 타기 능력은 5초 이상 공격받지 않고 날면 이동속도가 70% 상승하는 능력이었다.

그리고 원거리 공격이 가능한 몬스터가 없다면 하늘을 비행하는 클로피아가 공격 받을 일은 없다고 봐도 무방했다.

그런데 클로피아를 보내 놓고 반대 방향으로 한참을 수색하던 이안의 눈에 지금껏 보지 못했던 특이한 몬스터가 들어왔다.

'저건 뭐지?'

사람의 형상을 하고 있어 잠시 도굴꾼의 영혼인 줄 착각했었지만, 도굴꾼보다는 키도 좀 작고 허리도 굽어진 노인의 모습을 한 유령이었다.

'어? 그런데 영웅 등급이잖아?'

이 던전에서 이안은 영웅 등급은커녕 유일 등급의 몬스터도 만난 일이 없었다.

'아…… 이걸 그냥 지나쳐, 말아?'

이안은 고민이 되었다.

포획을 고민하는 것은 당연히 아니었다.

인간형 몬스터인 데다가 언데드인 몬스터를 포획하는 것은 불가능했으니까.

전투에서 질 것을 걱정하는 것도 아니었다. 이미 북부 대륙에서 90레벨대의 영웅 등급 몬스터를 사냥해 본 경험도 있었다.

단지 그가 걱정되는 것은 남은 퀘스트 시간이었다.

'레벨 90이 넘는 영웅 등급의 몬스터면 아무리 빨라도 전

투에 최소 30분 정도의 시간은 소요될 텐데…….'

하지만 갈등은 잠시였다.

최초 발견 버프 때문에 경험치는 물론 아이템 드롭율도 두 배인 지금 영웅 등급의 몬스터를 모른 체하는 것은 그에 대한 예의가 아니었다.

"라이, 잡자!"

크릉-!

이안은 그렇게 또 유혹에 빠져들었다.

"어후, 유령 몬스터 주제에 소환술사일 줄은 꿈에도 몰랐네."

생각보다 힘들게 영웅 등급의 유령을 잡은 이안은 투덜거렸다.

영웅 등급의 유령 몬스터는 '고대의 소환술사'라는 이름을 가지고 있었고, 그에 걸맞게 여러 마리의 소환수들을 소환하여 이안을 대적하였다.

마지막에는 본체를 집중 공격했기 때문에 전투에 소요된 시간 자체는 예상보다 오히려 짧은 편이었지만, 상대도 마찬가지로 이안을 먼저 노렸기 때문에 제법 위험한 상황도 몇 번 만들어졌었다.

'아무튼, 잡았으니 아이템이나 뭐 나왔나 확인해 볼까?'

이안은 그의 사체 위에 손을 올려 아이템을 회수했다.

-'고대 소환술사의 지팡이' 아이템을 획득했습니다.

-'고대 몬스터 도감'을 획득했습니다.

시스템 메시지를 본 이안의 눈이 반짝였다.

'어? 이게 얼마 만에 보는 영웅 등급 아이템이야.'

고대 몬스터 도감이라는 아이템은 일반 등급인지 이름이 하얀색이었지만, 고대 소환술사의 지팡이라는 이름은 선명한 보랏빛을 띠고 있었다.

영웅 등급의 아이템도 오랜만이었는데, 게다가 이름을 보니 소환술사 전용의 아이템임이 분명했다.

이안은 설레는 마음으로 지팡이의 정보를 열어 보았다.

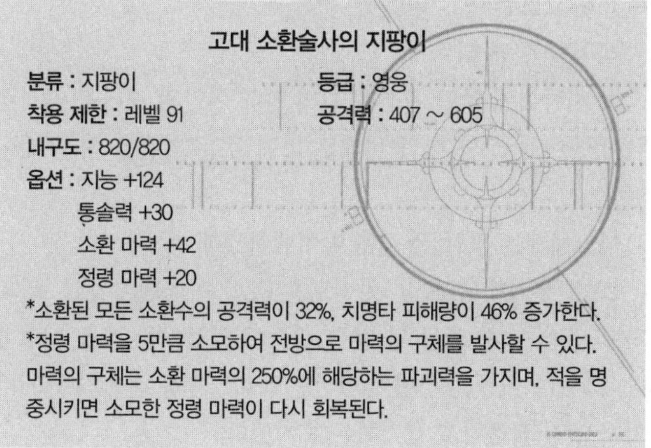

"아자!"

이안은 주먹을 불끈 쥐었다.

얼마 남지 않은 퀘스트 시간도 지금만큼은 잠시 잊혔다.

'소환 마력 비례 대미지 스킬이 하나 더 생긴 거나 마찬가
지네. 내 딜도 이제 꽤 들어가겠어.'

어차피 무기 자체의 공격력이 높아 봐야 캐릭터 딜양이 크
게 오르진 않았기에, 레벨 제한 관계없이 항상 옵션만 보고
무기를 고르던 이안이었다.

'하지만 이건 다르지.'

이 지팡이에 달린 옵션은 쉽게 말해 이안의 평타를 공격력
비례가 아닌 소환 마력 비례로 바꿔 주는 역할을 하는 것이
었다.

이안에게는 정말 꿀 같은 아이템이었다.

'고대 몬스터의 도감' 아이템은 잡화 아이템이었고, 펼쳐
봐도 당장 크게 도움 될 만한 내용이 없었기에 조금 실망했
다. 그러나 이안은 지팡이 하나만으로도 영웅 몬스터를 지나
치지 않길 잘했다고 생각하는 중이었다.

“자, 이제 퀘스트만 성공시키면 된다.”

다시 현실로 돌아온 이안은 주문이라도 외우듯 유물의 4
번 조각을 속으로 외치며 도굴꾼을 찾기 위해 분주히 걸음을
옮겼다.

“아, 헤르스 형, 이안 형은 며칠 전부터 왜 안 보이는 거야?”

오늘도 거점지의 치안도를 올리기 위해 분주히 사냥 중이
던 카윈은 문득 이안이 생각났는지 투덜거렸다.

“걔 요즘 미뤄 뒀던 퀘스트한다고 바쁘다더라. 그것만 다
하면 금방 돌아온대. 조금만 기다려.”

93레벨까시 찍는 동안, 이안은 정말 거점지 주번에서 미친
듯이 사냥만 했었다.

그토록 올리기 힘든 거점지의 치안도가, 이안이 하루 사냥
하면 1씩 오를 정도였으니 그의 부재는 제법 체감이 클 수밖
에 없었다.

“아, 이 형 없으니까 진짜 속도 더뎌졌네.”

아직까지는 93레벨인 이안이 100레벨이 넘는 길드원들보
다 압도적으로 사냥 속도가 빠른 것은 아니었다.

하지만 플레이 타임이 압도적으로 길었고 정말 쉬지 않고
기계처럼 사냥했기에 3~5인분의 몫을 해 왔던 것이었다.

"그래도 이제 치안도 15 정도만 더 올리면 다음 조건 맞춰지네, 조금만 더 힘내자."

길드원들이 거점지의 치안도에 신경 쓰는 이유는, 그것이 영토 확장과 가장 직접적으로 직결되는 수치였기 때문이다.

카일란의 길드 거점지 시스템은, 처음 거점지를 획득하고 나면 그 주변의 주인 없는 땅들을 일정 비용을 들여서 영토로 만들 수 있게 되어 있었다. 이렇게 추가로 획득한 영토의 넓이에 따라 레벨이 매겨지는데, 한 레벨 위의 단계까지 영토를 넓힐 때마다 치안도 제한이 50씩 높아지는 시스템이었다.

지금 로터스 길드 거점지의 치안도는 185였다.

최초에 거점지를 얻은 뒤 영토를 3차 확장까지 한 셈이었다.

처음 촌락으로 승급시켰을 때의 치안도가 12였던 것을 생각하면 정말 비약적인 발전이었다.

"알겠어. 뭐, 그래도 치안도 250 만들고 나면 한동안 여기에 힘 뺄 일은 없을 테니까……."

치안도 250을 만든 뒤 영토를 5차 확장까지 끝내면, 거점지 등급이 '영지'로 승격되기 전까지는 더 이상 영토 확장이 불가능했다.

카윈은 그것을 말하는 것이었다.

"그래. 그나저나 클로반 형은 명성 열심히 올리고 있으려나? 이렇게 열심히 승급 조건 맞춰 놔도 그 형이 작위를 받는 게 늦어지면 말짱 꽝인데…….”

헤르스의 말에 카윈도 동조했다.

“그러니까. 이제 슬슬 그 형 40만 명성 채우고 제국 퀘스트 시작해야 할 텐데, 잘하고 있나 모르겠네.”

잠시 푸념을 늘어놓으며 쉬던 두 사람은 곧 다시 일어나 전투를 준비했다.

벌써 영지 등급까지 거점지를 승격시킨 길드도 다섯 개가 넘어가고 있었다.

그들로부터 나온 정보에 따르면, 영지 등급부터가 길드 거점지로서 진정한 시작이라 해도 무방할 만큼, 새로운 길드 콘텐츠들이 많이 오픈된다 하였다.

하루라도 빨리 승격시키기 위해선 여유 부릴 시간이 없었다.

“휴우…… 진짜 위험할 뻔했어.”

제한 시간 내에 겨우 유물 조각을 모두 모은 이안은 차원의 포털을 타고 마탑에 돌아온 뒤 안도의 한숨을 내쉬었다.

겨우 15분 남기고 퀘스트를 완료한 것이었다.

‘진짜 커뮤니티에서 정보 못 얻었으면 못 깰 뻔한 퀘스트였어.’

이안은 처음 유적지 던전에서 사냥을 시작했을 때 A라는 난이도에 비해 등장하는 몬스터들이 허약하다 생각했었다.

난이도에 비해 쉬운 퀘스트라는 생각이 들었던 것이다.

하지만 퀘스트를 전부 클리어하고 난 지금, 그런 생각은 쏙 들어갔다.

'역시 난이도가 높은 데는 다 이유가 있는 거야. 내가 운이 좀 안 좋긴 했지만…….'

아무튼 가까스로 유물 조각을 전부 모으는 데 성공한 이안은 조각들을 가지고 그리퍼에게로 갔다.

"그리퍼 님, 여기 다 모아 왔습니다."

"오, 좋아, 좋아. 역시 기대를 저버리지 않는구먼. 시간이 늦어지기에 조금 걱정했었는데 말이야."

그리고 그리퍼가 조각들을 받아 들자 퀘스트 완료를 알리는 메시지가 떠올랐다.

-'고대의 유물' 퀘스트를 완료하셨습니다.

-클리어 등급 : C

-8,757,500의 경험치를 획득합니다.

이안은 C등급이라는, 평소에 받아 본 적도 없는 저급한 퀘스트 등급을 보며 속으로 투덜거렸다.

'하…… 이 썩을 운발 퀘스트.'

운만 좋았더라면 몇 시간이 아니라 아예 어제 끝낼 수도 있었던 퀘스트였다.

그랬다면 못해도 B나 A등급은 받을 수 있었을 터였다.

이안은 괜히 억울해졌다.

한편 이안에게 유물 조각들을 받은 그리퍼는 잠시 기다리라는 말만을 남겨 두고 연구실 안으로 쓱 들어가 버렸다.

"후, 잠깐 앉아서 쉬어야겠다."

부족한 시간 때문에 피 말리며 퀘스트를 진행한 이안은 피곤했는지 의자에 털썩 주저앉아 꾸벅꾸벅 졸기 시작했다.

그렇게 이안이 수면 강제 로그아웃을 당하기 직전, 다행히도 유물을 가지고 들어간 그리퍼가 연구실에서 나와 이안을 깨웠다.

"자네 덕분에 드디어 마법 장비를 완성시켰다네. 고맙네."

"아닙니다. 연구가 성공적으로 끝나셨다니 다행이네요."

그리고 이안은 기대에 찬 표정으로 그리퍼를 향해 물었다.

"이제 마법 장비가 완성되었으니 제가 가져온 신룡의 영혼석을 부활시킬 수 있는 건가요?"

속으로도 '이렇게 쉽게 되지는 않겠지'라는 생각을 하고 있었지만, 혹시나 해서 물어본 것이었다.

하지만 역시나 그럴 리가 없었다.

"아니, 아직 기계가 제대로 작동할지 모르기 때문에 그건 위험하네. 장비가 오작동해서 신룡의 영혼석이 날아가면 큰일이 아닌가."

이안은 절로 고개를 끄덕였다.

‘그렇지. 신룡의 영혼석이 날아가기라도 하면 아까워서 한 동안 잠도 안 올 거야.’

오클리에게서 들은 바에 의하면 신룡은 정말 어마어마한 전투력을 가진 소환수였다.

‘어쩌면 전설 등급일지도 모르지.’

이안이 곧 소환하게 될 신룡을 생각하며 상상의 나래를 펼치고 있을 때, 그리퍼의 입에서 다음 연계 퀘스트가 튀어 나왔다.

“그래서 말인데, 먼저 다른 고대 몬스터의 영혼석으로 시험을 해 봐야 하지 않겠나. 그래서 잘 작동되는 것이 확인되면 자네가 가져온 신룡의 영혼석에 사용하도록 할 생각이네.”

퀘스트 알림음이 울려 퍼졌다.

띠링-.

고대의 몬스터 복원

차원의 마도사 그리퍼는 신룡의 영혼석을 깨우기 위해, 먼저 자신의 마법 장비를 다른 몬스터로 시험해 봐야 한다고 말했다.

그리퍼가 원하는 고대 몬스터의 영혼석 조각을 모아 오면, 그가 마법 장비를 이용하여 고대의 몬스터를 되살려 낼 것이다.

그리퍼가 만들어 낸 차원의 문으로 들어가 그가 원하는 고대 몬스터의 영혼석 조각을 구해 와야 한다.

조각은 총 열 종류로 이루어져 있으며, 종류별로 하나씩 모든 조각을 모아 가져와야 한다.

퀘스트 난이도 : A

퀘스트 내용을 찬찬히 읽어 내려가던 이안은 속으로 비명을 지를 수밖에 없었다.

'으아악! 이것도 조각 모으기라니.'

공포의 4번 조각이 떠오름과 동시에 정신이 아득해졌다.

'그래도 이번엔 제한 시간이 없어 다행이야.'

자고 일어나니 어느새 일요일이었다.

이진욱 교수를 만나기 위해 잠시 마을에 다녀와야 하는 날이었다.

귀환석을 사용하면 오가는 것은 금방이었지만 그래도 무슨 변수가 생길지 모르니 제한 시간이 있었다면 찜찜했으리라.

반면에 흥미로운 부분도 있었다.

'고대의 소환수를 얻을 수 있다는 부분은 좀 기대되는데.'

90레벨이 넘어가면서 그동안 통솔력 수치도 많이 높아졌다.

소환수 한두 마리 정도는 늘릴 수 있을 정도로 여유가 생긴 것이었다.

대충 퀘스트에 대한 정리가 끝난 이안은 그리퍼에게 대답했다.

“예, 구해 오도록 하죠.”

그리퍼는 환하게 웃으며 고개를 끄덕였다.

“고맙네, 이안. 자네만 믿고 있도록 하지.”

일요일 오후.

간단하게 점심을 해결한 뒤, 약속 시간에 맞춰 로보스 마을에 도착한 이안은 이진욱 교수를 찾기 위해 두리번거렸다.

'그러고 보니 교수님 아이디를 못 여쭤 봤네.'

조금 난처해진 이안은 접속 해제 후 전화라도 걸어 봐야 하나 고민했다.

그런데 그때, 이안의 눈에 한 중년 남성의 모습을 한 유저가 들어왔다.

그리고 그의 아이디를 확인한 이안은 움찔했다.

'아이디가…… 이진욱?'

왠지 모를 위화감에 식은땀을 흘리며, 이안은 그의 면면을 찬찬히 훑어보았다.

원래 이진욱 교수보다 훨씬 외모가 젊어 보인 탓이었다.

'아무래도 교수님이 맞는 것 같은데…….'

커스터마이징을 제법 많이 건드려 놓아서 생김새도 좀 달라 보였지만, 확실히 이진욱 교수와 많이 닮은 외형이었다.

이안은 조심스레 그에게 다가갔다.

"혹시 이진욱 교수님이신가요?"

그리고 이안을 발견한 그는 고개를 끄덕이며 대답했다.

"그래, 박진성 학생. 약속 시간에 맞춰서 잘 왔군."

"예, 교수님. 일찍 나와 계셨네요."

그리고 이진욱은 진성을 여기저기 훑어보더니 의아한 표정이 되었다.

"그런데 자네는 아이디랑 레벨이 왜 안 보이는가?"

그 말을 들은 이안은 자신의 예상이 맞았음을 직감했다.

'역시 내 스크린샷을 못 믿으셨던 거였어.'

"아, 잠시만요, 교수님."

대답을 한 이안은 비공개로 해 놓았던 아이디와 레벨 정보를 공개로 바꾸었다.

그러자 이진욱 교수는 놀란 표정이 되었다.

"오오, 자네 정말 93레벨이 맞군? 아니, 그사이 1레벨을 더 올렸나 보네. 94레벨이라니……."

진심으로 감탄하는 교수의 반응에, 이안은 뿌듯한 표정이 되었다.

"예, 교수님. 제가 방학 때 고생 좀 했죠."

이진욱은 고개를 끄덕였다.

"확실히 인정할 만해."

이안은 이어서 조심스레 물었다.

“그러면 이제…… 내기는 제가 이긴 게 맞죠?”

이안은 말을 하면서도 속으로 조마조마했지만, 의외로 이진욱 교수는 시원하게 대답했다.

“그래. 확실히 내기는 자네가 이겼어. 인정하도록 하지.”

그 말과 동시에 이안의 얼굴에 미소가 번졌다.

‘십 년 묵은 체증이 내려가는 기분이네.’

그리고 목적을 달성한 이안은 이제 미련 없이 퀘스트를 하러 갈 수 있을 것 같았다.

“교수님, 저 그럼 이제 가 봐도 되는 거죠?”

하지만 이진욱은 아직 이안에게 할 얘기가 남아 있는 듯했다.

“아니, 잠시 날 좀 따라와 봐. 오래 걸리진 않을 테니까 말이야. 내가 자네한테 보여 줄 게 있어.”

그리고 이진욱은 앞장서서 어디론가 걸어갔다.

하지만 그가 내기의 결과에 확실히 승복한 상태였기 때문에, 이안은 편한 마음으로 순순히 따라갔다.

‘보니까 소환술사이신 거 같은데, 나한테 물어볼 거라도 있으신가?’

그런 거라면 성실히 대답해 줄 생각도 있었다. 지금 이안의 기분은 무척 좋았으니까.

그런데 잠시 후 두 사람이 도착한 곳은 이안이 처음 보는 종류의 장소였다.

게다가 무척이나 흥미가 동하는 곳이었다.

'뭐지? 이런 곳이 있었나? 몬스터 사육소라고?'

마을 외곽에 떡하니 자리한 건물을 본 이안은 궁금증을 참지 못하고 이진욱 교수에게 물어보았다.

"교수님, 어떻게 이런 곳을 아셨어요?"

로보스 마을은 루스펠 제국의 수도인 뮤란에서 그리 멀지 않은 마을이긴 했지만, 외진 곳에 자리하고 있었고 주변에 이렇다 할 사냥터도 없었기 때문에 항상 한적한 곳이었다.

정상적인 레벨 업 루트를 밟았더라면 올 일 자체가 없는 마을이다.

'커뮤니티에도 아직 뜨지 않은 것을 보면, 생긴 지 얼마 안 되었다는 소린데…….'

이진욱 교수가 대답했다.

"이 몬스터 사육소의 주인이 '랄프'라는 NPC인데, 내가 소환술사의 탑에 처음 갔을 때 운 좋게 그를 만날 수 있었다네."

이안은 흥미로운 표정이 되었다.

'아무래도 히든 퀘스트인 것 같은데…… 아무나 받을 수 있는 퀘스트였다면 벌써 커뮤니티에 알려지고도 남았지.'

그리고 이진욱의 말이 이어졌다.

"처음에 내가 그를 만났을 때만 해도 몬스터 사육소는 지어지는 중이었어. 그리고 난 그에게 퀘스트를 받았는데, 늑대나 여우, 곰 등 몬스터들을 포획해 오는 퀘스트였고."

여기까지 들은 이안은 문득 떠오르는 것이 있었다.

'시설물 준공을 돕는 퀘스트를 수행하면 해당 시설물을 지어서 운영할 수 있다고 들었는데…….'

이는 보통 생산 직업을 주로 육성하는 유저들이 받는 퀘스트였다.

퀘스트를 성공적으로 수행하면, 대장간이나 음식점 등의 시설물을 직접 지어서 운영할 수 있게 되는 것이었다.

'그러고 보니 하린이도 거점지에 음식점 지으려면 퀘스트 해야 한다고 했었는데.'

이안이 이런저런 생각을 하는 것과는 별개로 이진욱의 말이 계속해서 이어졌다.

"아무튼 이제 퀘스트를 다 해서 이 몬스터 사육소가 완공되었고, 나는 지금 여기서 일하고 있다네."

이안은 궁금한 부분을 물어보았다.

"혹시 교수님, 퀘스트 완료하시고 나서 몬스터 사육소 건설할 수 있다는 시스템 메시지 같은 거 안 뜨셨어요?"

그리고 그의 물음에 이진욱은 다시 한 번 놀란 표정이 되었다.

"아니, 자네 그걸 어떻게 알았는가?"

"보통 생산 직업 유저들이 관련 시설 운영 자격을 얻게 되는 퀘스트가 이런 식이거든요."

이진욱은 고개를 끄덕였다.

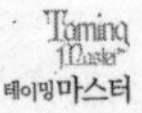

“알고 있다니 얘기하기가 편하겠어. 난 자네 말대로 몬스터 사육소를 건설할 수 있는 자격을 얻었다네. 하지만 아직 그 조건을 다 충족 못 해서 당장은 불가능해.”

“어떤 조건이 필요한데요?”

이안의 물음에 이진욱은 품속에서 특이하게 생긴 책자 같은 물건 하나를 꺼내었다.

“이 책이 랄프로부터 얻은 ‘몬스터 도감’이라는 물건인데, 여기에 최소 50종 이상의 몬스터를 등록해야 사육소를 지을 수 있는 자격이 생겨.”

이안은 몬스터 도감이라는 물건을 보자마자 떠오르는 것이 있었다.

‘어, 마탑 퀘스트 중에 저런 비슷한 것을 얻었던 것 같은데?’

그리고 인벤토리를 열어 ‘고대 몬스터 도감’이라는 이름의 물건을 찾아보았다.

하지만 생김새부터 시작해서 이진욱이 꺼내 든 몬스터 도감과는 확연히 다른 아이템이었다.

‘여기엔 내가 몬스터를 등록할 수 있는 기능 같은 건 없었는데…… 다른 종류의 물건인가 보네.’

이진욱은 자신이 들고 있던 몬스터 도감을 이안에게 건네며 말을 이었다.

“몬스터 도감에 새로운 몬스터를 채워 넣으려면 해당 몬스터를 포획해야 하는데, 내 능력으로는 30종 정도가 한계였지. 그래서 자네가 이 물건을 가져가서 내가 포획하지 못한 몬스터들의 정보를 좀 더 채워 줬으면 하는데 말이야."

도감을 건네받은 이안은 일단 아이템의 정보를 확인해 보았다.

몬스터 도감

분류 : 잡화　　　　　　　　　　　　등급 : 일반

*포획한 몬스터를 도감에 등록할 수 있다.
몬스터를 한 종류 등록할 때마다 명성이 최소 100씩 증가하며, 희귀한 몬스터일수록 명성의 증가폭이 높아진다.

그리고 그가 아이템 정보를 읽고 있는 동안, 이진욱이 다시 입을 열었다.

"자네가 나를 도와준다면, 내가 앞으로 만들 몬스터 사육소를 자네에게 무상으로 제공하도록 하지. 어떤가?"

이안은 일단 몬스터 사육소의 기능부터 알고 싶었다.

"그런데 교수님, 몬스터 사육소에서는 뭘 할 수 있는 거죠?"

이진욱은 선선히 대답했다.

"유저가 몬스터 사육소에 소환수를 맡기면, 소환수를 훈련시킬 수 있다네. 사육소의 등급이 더 오르면 다른 기능들도 생긴다고 되어 있기는 하네만, 일단은 소환수를 훈련시킬 수 있는 시설인 것 같아."

"훈련요?"

이진욱은 대답 대신 자신의 소환수를 한 마리 소환했다.

"늑돌이, 소환!"

그리고 그의 앞에 커다란 덩치를 가진 검정색 늑대 한 마리가 소환되었다.

그것을 본 이안은 두 눈이 휘둥그레졌다.

"어……?"

그가 놀란 이유는 늑대가 처음 보는 종이었기 때문이다.

'일반 등급의 늑대 중에 검정 늑대가 있기는 하지만, 저렇게 큰 놈은 처음 보는데. 거의 라이만큼 크잖아!'

놀라는 이안을 본 이진욱이 흡족한 미소를 지으며 입을 다시 열었다.

"하하, 자네 혹시 소환수 신화시켜 본 적 있니?"

이안의 두 눈이 조금 더 커졌다.

'역시, 진화된 소환수였구나! 그런데 어떻게?'

자신 외에 소환수를 진화시킨 유저를 처음 봤기 때문만은 아니었다.

충분히 지금쯤 소환수 진화에 성공한 유저가 생겼을 것이라고 짐작하고 있었으니까.

하지만 이진욱 교수의 레벨은 아직 30도 채 되지 않는 수준이었기 때문에 당황한 것이었다.

'뭐지? 교수님도 훈련 스킬이라도 있으신가? 아…… 혹시?'

이안은 무언가 깨닫는 것이 있었다.

그리고 놀라는 이안을 보며 이진욱이 그의 짐작을 확인시켜 주었다.

"몬스터 사육소에서 내 늑돌이를 훈련시켰더니 며칠 뒤에 '검은 발톱 늑대'라는 종으로 진화하더군. 정확히 어떤 이유로 진화한지는 모르겠지만 말이야."

하지만 이진욱과 달리 이안은 그 이유를 알 것 같았다.

'내 훈련 스킬과 마찬가지로 여기서 하는 훈련을 통해서 몬스터의 잠재력을 성장시킬 수 있는 거겠지.'

이안의 머리가 빠르게 돌아갔다.

'기왕 이렇게 된 거 유현이에게 말해서 몬스터 사육소를 우리 거점지에 지을 수 있게 도와 드리는 것도 괜찮겠는데.'

아직은 아는 사람이 없을 테지만, 사육소에서의 훈련을 통해서 소환수를 진화시킬 수 있다는 사실이 알려지면 몬스터 사육소는 큰 반향을 불러일으킬 것이었다.

'내 훈련 스킬만큼 잠재력이 빠르게 오를지는 모르지만, 훈련 스킬에도 쿨타임이 있으니까 당장에 사용하지 않는 소환수들을 맡겨 놓는 건 확실히 나한테도 도움이 되겠어.'

93레벨이 될 때까지 계속해서 훈련 스킬을 돌렸음에도 아직 이안은 모든 소환수의 잠재력을 100까지 맞추지 못하였다.

곧 떡대를 마지막으로 모든 소환수의 잠재력이 100이 되기는 하지만, 스킬 부여를 사용하고 나면 또 잠재력이 떨어질 것이었다.

그리고 사육소의 등급이 올라가면 또 어떤 기능이 생길지 알 수 없었다.

소환술사인 이안으로서는 그 가능성이 무척이나 매력적이었다.

게다가 기본적으로 새로운 생산 건물을 거점지에 짓는다는 것 자체가 거점지의 성장 수치에 도움이 되는 것이었으니, 몬스터 사육소를 선점하는 것은 확실히 길드 차원에서 큰 이득이었다.

이안은 이진욱 교수를 돕기로 결정했다.

"교수님, 제가 도와 드릴게요."

이안의 대답에 이진욱은 반색했다.

"오, 정말 그래 주겠는가?"

"예, 교수님. 그런데 제가 부탁 하나 드려도 될까요?"

"부탁?"

조금 의외인 이안의 말에 잠시 멈칫한 이진욱이었지만, 곧 순순히 고개를 끄덕였다.

"말해 보게."

그리고 이안의 말이 이어졌다.

"제게 사육소를 무상으로 제공해 주신다는 조건 대신에 저희 길드 거점지에 사육소를 지어 주시는 조건으로 대체할 수 있을까요?"

　이진욱 교수와의 거래(?)를 무사히 마친 이안은 퀘스트 진행을 위해 곧바로 차원의 마탑으로 돌아왔다.

　결과적으로 이진욱 교수는 이안의 조건까지 모두 수용했다.

　사실 이안이 제시한 것은 조건이랄 만한 것도 아니었다.

　이진욱 교수의 입장에서는 건물을 지을 부지를 구하는 것도 쉽지 않은 일일 것이었으니까.

　말 그대로 윈윈이라 할 수 있는 거래였다.

　'의외의 수확이었어. 교수님께서 그런 재능이 있으실 줄이야.'

　이진욱 교수는 현실에서 교수이기도 했지만, 등산과 동물을 좋아하는 야생동물 애호가였다.

　그래서 카일란에서도 곧바로 소환술사라는 직업을 선택했던 것이었다.

　이안은 이진욱이 퀘스트를 받게 되기까지의 이야기를 다시 떠올리며 고개를 주억거렸다.

　'역시 일반적인 루트로는 히든 퀘스트를 받기 힘들지.'

　그는 일반적인 유저들과는 달리 소환수들과 사냥을 하기보다는 교감을 하고 마치 애완동물 키우듯 게임을 플레이했고, 그러다 보니 연계 퀘스트로 몬스터 조련소 퀘스트까지 받을 수 있게 되었던 것이었다.

이안은 인벤토리에서 이진욱 교수가 빌려 준 몬스터 도감을 꺼내었다.

'퀘스트 시작하기 전에 일단 지금 가지고 있는 소환수들부터 한번 등록해 볼까?'

도감이 어떻게 작동할지 궁금하기도 했다.

이안은 이진욱에게서 들었던 대로 소환수들을 등록했다.

"보유 소환수 등록!"

그러자 이안의 눈앞에 시스템 메시지가 차례대로 떠올랐다.

-몬스터 정보 등록 : 붉은 갈기 늑대 - 희귀 등급

-몬스터 정보 등록 : 어비스 터틀 - 유일 등급

-몬스터 정보 등록 : 어비스 골렘 - 유일 등급

-몬스터 정보 등록 : 클로피아 - 희귀 등급

-몬스터 정보 등록 : 라바 드레이크 킹 - 유일 등급

그리고 이어서 명성이 올랐다는 메시지가 떠올랐다.

-'붉은 갈기 늑대' 몬스터를 등록하여 명성이 1,200 상승했습니다.

-'어비스 터틀' 몬스터를 등록하여 명성이 53,700 상승했습니다.

-'어비스 골렘' 몬스터를 등록하여 명성이 5,600 상승했습니다.

명성이 올랐다는 메시지들을 기분 좋게 확인하던 이안은 순간 당황했다.

'뭐지? 왜 뿍뿍이가 가장 명성을 많이 주는 거지?'

같은 희귀 등급인 떡대와 비교하면 무려 열 배에 달하는 어마어마한 명성치였다.

‘심지어 영웅 등급인 레이크와 비교해도 두 배가 넘는 수준이잖아?’

하지만 이안으로서는 그 이유를 알 방법이 없었다.

‘뿍뿍이가 진화해서 정말 엄청난 놈이 될 가능성을 찾은 건가?’

하지만 미트볼이라면 사족을 못 쓰는 단순한 뿍뿍이를 떠올리자 그런 환상이 곧바로 깨져 버렸다.

‘시스템 오류일지도…….’

그리고 몬스터 도감에 등록된 몬스터들의 정보를 쭉 훑어보았지만 특별한 부분은 없는 듯 보였다.

‘이제 퀘스트나 하러 가야겠다.’

어쨌든 순식간에 10만의 명성을 획득한 이안은 기분 좋게 차원의 포털로 걸음을 내딛었다.

루키 리그 준우승으로 획득한 명성에 그동안 자잘하게 받은 명성까지 합하니 졸지에 명성이 30만이 넘어 버린 것이었다.

‘이제 이 포털 안에서 던전 최초 발견 한 번만 더 떠 주면 오늘 하루는 완벽할 텐데…….’

이안은 설레는 마음으로 포털에 들어갔다.

-‘아르노빌 고원’ 필드에 입장합니다.

-필드의 최초 발견자가 되셨습니다.

-명성이 100,000 상승했습니다.

-앞으로 열흘 동안 필드에서 획득하는 모든 경험치가 두 배가 됩니다.

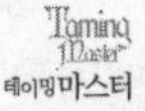

테이밍마스터

-앞으로 열흘 동안 필드에서 아이템을 획득할 확률이 두 배가 됩니다.

-'시간 여행자' 칭호를 획득합니다.

시스템 메시지를 전부 읽고 난 이안의 입에 함지박만 한 웃음이 걸렸다.

필드 최초 발견은 이안으로서도 처음 경험하는 특전이었다.

'대박이다!'

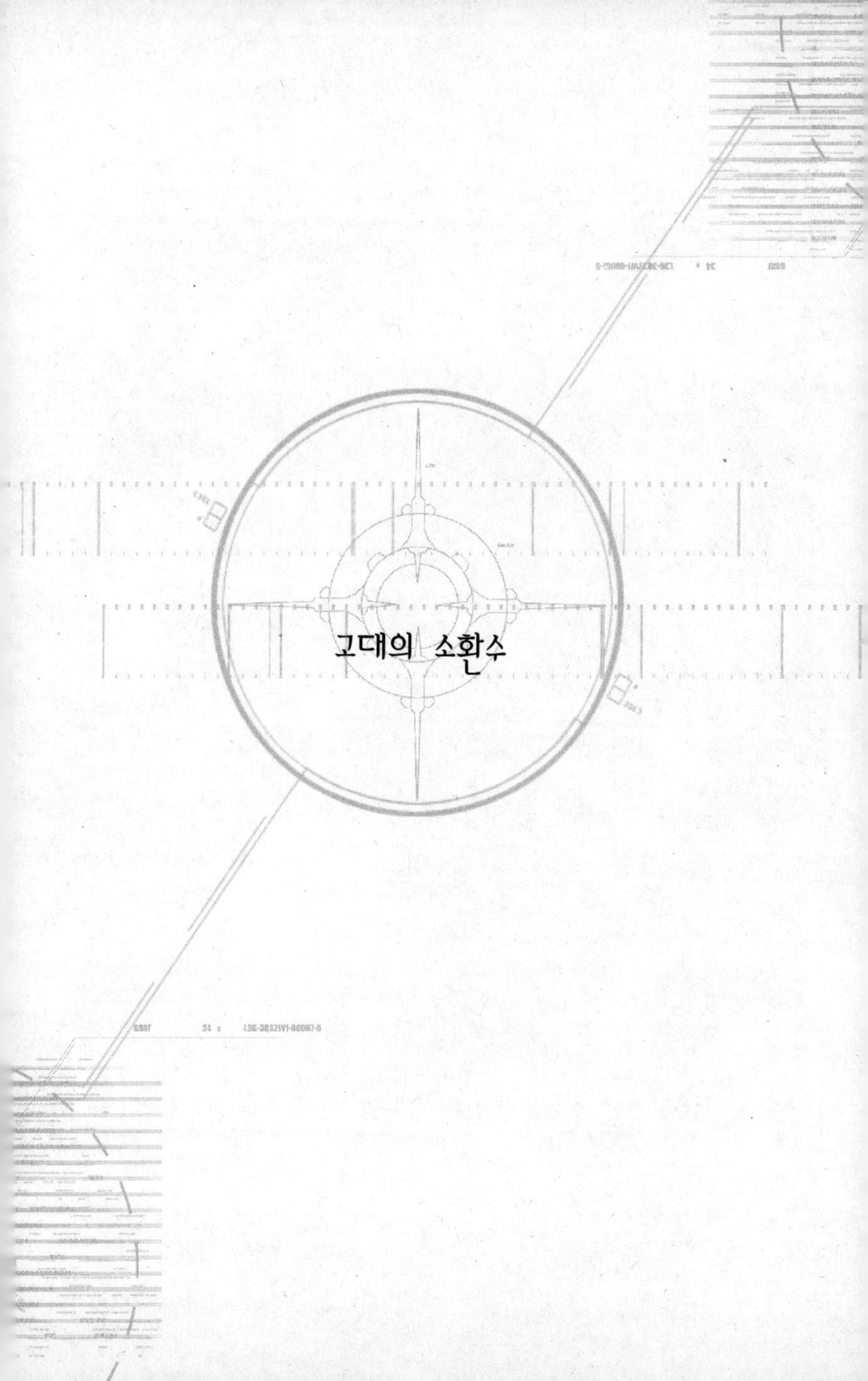
고대의 소환수

Taming
Master

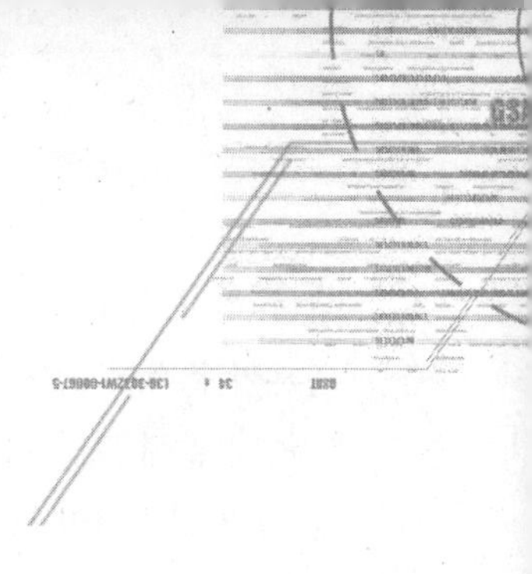

　퀘스트 완료까지 시간 제한은 없었지만, 퀘스트 수행을 위해 이안에게 주이진 정보 또한 크게 많지 않았다.

　'결국 부딪쳐 봐야 된다는 거지.'

　시간제한이 없는 퀘스트임에도 클리어 등급에 따라 보상이 달라진다는 이야기는, 이안이 구해 올 몬스터의 영혼석 등급이 클리어 등급 및 보상과 관련이 있을 확률이 높을 것이라는 소리였다.

　'이 필드 안에서 가장 강해 보이는 놈으로 영혼석을 모아 가야겠어.'

　몬스터 영혼석 조각의 드롭 방식 역시 무척이나 단순했다.

　필드에서 등장하는 고대의 몬스터들은 모두 유령 같은 모습을 하고 있었는데, 해당 몬스터를 사냥하면 그 몬스터의 영혼석 조각이 드롭되는 방식이었다.

쉽게 말해 그냥 퀘스트만 빠르게 수행하려면, 필드에서 가장 약한 몬스터만 계속 사냥해서 재빨리 그 몬스터의 영혼석 조각을 모두 모아 돌아가면 된다는 뜻이다.

'그럴 순 없지.'

하지만 이안의 욕심이 그것을 허락할 리 없었다.

'최초 발견 버프도 열흘이나 받았으니 정말 이 잡듯 맵 전체를 싹 다 뒤져야겠어.'

필드에 등장하는 몬스터들을 살펴보니, 이전 퀘스트를 수행했던 던전보다 3~5레벨 정도 높은 레벨의 몬스터들로 구성되어 있었다.

'필드 초입의 몬스터가 이 정도라는 건, 보스급 몬스터는 100레벨이 넘을 수도 있다는 이야기일 테고…….'

그렇다면 이안에게 조금 버거운 상대가 나타날 수도 있다.

'기왕 이렇게 된 거 레벨 업이다!'

마치 빗자루로 마당 쓸 듯, 이안은 맵의 초입부터 구석구석 모든 몬스터들을 쓸어 담으며 이 필드 안에서 가장 강력한 몬스터를 찾기 위한 수색 작업에 착수했다.

"헤르스 님, 지금 커뮤니티 게시판 난리 났는데 보셨어요, 혹시?"

허겁지겁 거점지로 뛰어온 피올란을 보며 헤르스는 의아한 표정이 되었다.

피올란이 식사하고 오겠다며 접속 종료한 지 채 15분이 되지 않았기 때문이었다.

"벌써 식사 다 하셨어요?"

"아뇨, 커뮤니티 들어갔다가 깜짝 놀라서 다시 접속했어요."

헤르스의 두 눈이 조금 커졌다.

"네? 또 무슨 일 터졌어요? 전 사냥만 열심히 하느라고 커뮤니티는 확인 못 했는데……."

참시 차오르는 숨을 고른 피올란이 다시 입을 열었다.

"타이탄 길드의 북부 원정대가 '포를란 분지'라는 신규 맵을 찾았는데요, 여기에서 디임 어택 던전이 발견됐다고 해요."

"네?"

타임 어택 던전은 다른 일반적인 게임들에 보편적으로 존재하는 새로울 것 없는 방식의 던전이었다.

하지만 카일란에서 타임 어택 던전이 발견된 것은 최초였으니, 헤르스가 놀란 것이었다.

"분지에서 발견된 던전이 두 곳인데, 한 곳은 레벨 제한이 100이고, 한 곳은 120인가 봐요."

그녀의 말에 헤르스는 반색했다.

"오오, 레벨 제한 100인 곳은 지금 우리 길드원들이 들어

가서 공략해 볼 수도 있겠네요."

피올란은 고개를 끄덕였다.

"네. 저도 가능할 것 같아서 소식 듣자마자 재빨리 뛰어온 거예요."

헤르스는 잠시 고민했다.

"음, 일단 치안도 작업 잠시 미뤄 두고 던전 공략부터 가 봐야 하나? 피올란 님은 어떻게 생각하세요?"

"제 생각에는 저랑 헤르스 님 둘만 먼저 가 보는 게 좋을 것 같아요. 나머지 인원은 그대로 거점지에 남겨 두고요."

의외의 말에 헤르스는 살짝 당황했다.

"네? 던전 공략인데 우리 둘이서 가서 뭘 해요?"

"그게…… 던전이 특이하게도 입장 제한이 두 명인 던전이 더라고요. 120레벨 던전은 3~4인 던전이고, 100레벨 던전이 2인 던전이에요."

"아……."

그렇다면 피올란의 제안이 이해가 되었다.

현재 길드 내에서 최고 레벨은 어느새 110레벨까지 올린 피올란이었고, 나머지 상위 길드원들의 레벨은 다 헤르스와 비슷한 수준이었다.

마법사인 피올란과 2인 파티로서 가장 궁합이 잘 맞는 클래스가 기사이기도 했고 헤르스가 길드 마스터이기도 했으니, 두 사람이 정보도 알아 올 겸 먼저 던전에 들어가 보는 게 가장 현명한 판단인 것이었다.

"어떤 던전인지도 아직 잘 모르는데 길드원 전부가 다 몰려가는 건 리스크가 너무 크잖아요?"

헤르스는 고개를 끄덕여 동의했다.

"피올란 님 말이 맞아요. 일단 우리 둘이 먼저 가 보죠."

"지금 바로 갈까요?"

성질 급한 피올란의 말에 헤르스는 웃으며 고개를 저었다.

"피올란 님 식사는 하고 가셔야죠."

"으…… 그건 그렇네요."

시간을 잠시 확인한 피올란이 다시 입을 열었다.

"30분 뒤에 포를란 분지에서 만나는 거로 해요, 헤르스 님. 아마 지금쯤이면 커뮤니티에 던전 전투 영상이 떴을 것 같으니까 영상도 한번 보고 오는 게 좋을 것 같아요."

"오케이, 알겠습니다. 그럼 잠시 후에 뵙죠."

이안이 아르노빌 고원 필드 최초 발견으로 획득한 '시간 여행자'라는 칭호는 제법 쓸 만한 것이었다.

'그렇지 않아도 이제 사냥의 달인 칭호의 효율이 많이 떨어지고 있었는데 확실히 이게 낫네.'

시간 여행자 칭호의 효과는 '모든 스킬의 재사용 대기 시간 15% 감소'였다.

기존의 사냥의 달인 칭호에 붙어 있는 '고레벨 적을 상대할 시 5%의 모든 전투 능력치 상승효과', 그리고 '경험치 상승효과'도 좋은 것임은 분명했다.

하지만 레벨이 높아질수록 전투에서 소환수에 대한 의존도가 더 높아지고 있었기 때문에 캐릭터의 전투 스텟 5% 정도는 큰 의미가 없는 상황이었고, 이제 레벨 차이가 많이 나는 적을 사냥하는 것도 불가능했으니 경험치 상승효과도 미미했다.

반면에 모든 스킬의 재사용 대기 시간 15% 감소는 무척이나 유용했다.

90레벨에 새로 얻은 스킬들은 물론 기존 스킬들의 사이클까지 한 템포 빨라지면서 사냥 속도 또한 빨라지는 것이 확실히 체감되는 것이었다.

그렇게 새로운 칭호와 최초 발견 버프로 며칠간 신나게 사냥한 이안의 레벨은 어느새 2레벨이나 더 올라 96레벨이 되어 있었다.

'역시 최초 발견 버프는 꿀이란 말이지.'

영혼석 조각을 전부 모은 고대 몬스터도 세 종류나 되었지만, 이안은 퀘스트 클리어를 위해 바로 돌아갈 생각이 전혀 없었다.

이제 그가 점찍어 두었던 녀석을 사냥하러 갈 시간이었다.

"후, 이제 슬슬 절벽 아래로 내려가 볼까?"

이안이 발견한 필드인 아르노빌 고원은 크게 두 파트로 나뉘어 있었다.

처음 포털이 열린 위치를 기준으로 남쪽은 95~98 정도 레벨의 몬스터들이 등장하는 고지대였고, 북쪽 절벽을 타고 내려가면 도달하는 저지대의 몬스터들은 100레벨이 넘는 몬스터들로 구성되어 있었다.

"라이야, 저기 저놈 보이냐?"

크릉- 크릉-!

절벽 아래쪽, 멀찍이 영웅 등급의 몬스터가 보였다.

거리가 멀어서 몬스터의 이름이나 레벨은 확인할 수 없었지만, 커다란 호랑이의 형상에서 뿜어져 나오는 포스는 멀리서 봐도 강력한 몬스터임을 알 수 있게 해 주었다.

"이제 저놈 이길 수 있겠지?"

라이는 대답 대신 허공을 향해 힘찬 하울링을 뿜어내었다.

아우우-!

그리고 그에 지지 않겠다는 듯 옆에 서 있던 레이크도 허공으로 시뻘건 입김을 내뿜었다.

화르륵-!

이제 곧, 이안의 식구들 중에 가장 먼저 100레벨이 될 레이크는 공격력이 거의 2,500에 육박하는 수준이었다.

'그나저나 이제 우리 라이랑 뿍뿍이도 진화할 때가 된 것

같은데…….'

잠재력은 100으로 맞춰 놓은 지가 벌써 꽤 되었다.

하지만 진화에 어떤 조건이 필요한 건지, 레벨이 부족한 건지 아직도 둘은 진화할 생각을 하지 않았다.

'그래도 뭐, 둘 다 아직 1인분은 충분히 하니까.'

라이는 아직까지도 높은 민첩성과 공격력으로 톡톡히 단일 딜러 역할을 해 주고 있었다.

뿍뿍이는 링크 스킬이 생긴 뒤로 무척이나 유용하게 써먹는 중이었다.

비정상적으로 높은 방어력 덕에 항상 100%에 가까운 생명력을 유지하고 있는 뿍뿍이는, 위험 상황일 때 링크를 걸면 50%의 생명력을 곧바로 회복하는 포션 같은 역할을 추가로 수행하게 된 것이었다.

대미지 분산 효과는 덤이었다.

"얘들아, 내려가자."

이안은 보기만 해도 든든한 소환수들을 대동하고, 천천히 절벽 아래쪽으로 이동했다.

'일단 여기 나오는 놈들이랑은 아직 싸워 본 적이 없으니까, 적응부터 해 보자.'

이안은 클로피아를 빙의시킨 뒤, 라이에게 동화 스킬을 사용했다.

그러자 이안의 몸이 자라나면서 마치 늑대인간 같은 외형으로 변하였다.

'역시, 라이에게 동화 스킬을 쓰는 게 외형 면에서도 그렇고 여러모로 좋은 것 같단 말이지.'

처음 동화 스킬을 얻었을 때는 공격력이 가장 높은 레이크에게 동화를 사용했었다.

하지만 고대 소환술사의 지팡이를 얻은 뒤부터는 항상 라이에게 동화 스킬을 사용하게 되었다.

어차피 이안이 지팡이로 쏘아 내는 마력 구체의 피해량은 공격력이 아닌 소환 마력에 비례하기 때문이었다.

소환수에게 동화를 사용하는 것으로 소환 마력이나 정령 마력을 올릴 수는 없는 노릇이었다.

그렇다면 민첩성을 극대화시켜 이안의 원래 전투 방식을 살리는 것이 가장 효과적이다.

"떡대, 앞장서!"

드르륵-!

고개를 끄덕인 떡대는 앞장서서 적들을 향해 다가갔다.

쿵- 쿵-.

그리고 떡대가 한 걸음씩 옮길 때마다 크게 울려 퍼지는 발소리는, 항상 그랬듯이 효과적으로 적들의 관심을 끌어들였다.

두두두-!

떡대를 발견한 몬스터들이 빠르게 접근해 오기 시작했다.

이안이 절벽 아래에서 가장 처음으로 상대하게 된 몬스터들은 마치 콩 벌레처럼 생긴 거대한 몬스터들이었다.

'클롭시스의 영혼이라…… 생긴 걸 보아하니 방어력이 엄청날 것 같은데.'

몸을 동그랗게 말고 떡대를 향해 굴러오는 거대 콩 벌레들의 외피는, 한눈에도 무척이나 단단해 보였다.

'방어형 몬스터라면 좀 더 과감하게 전투해도 되겠어.'

방어형 몬스터는 생명력을 깎아 내기는 쉽지 않지만, 반대로 공격력이 비교적 약한 편이기 때문에 어느 정도는 공격을 허용해도 피해가 크지 않았다.

이안은 떡대의 어비스 홀이 발동하는 순간 곧바로 지시를 내렸다.

"라이, 들어가서 마음껏 물어뜯어!"

크릉-!

그리고 말하지 않아도, 이안의 전투 방식에 완벽히 적응한 레이크가 어비스 홀에 묶인 콩 벌레들을 향해 브레스를 쏘아 내었다.

쿠오오오-!

시뻘건 용암의 돌풍이 전방으로 뻗어 나갔다.

재사용 대기 시간은 30분으로 긴 편이라 할 수 있었지만, 그 효과만큼은 확실했다.

크에에엑-!

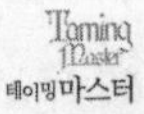

브레스에 직격당한 콩 벌레들이 괴성을 질렀다.

그리고 콩 벌레들을 유심히 살피던 이안은 입맛을 다셨다.

'쩝, 역시 방어력이 높아서 그런지 생명력을 반도 못 깎았네.'

생명력이 절반 이하로 떨어졌다면 이름이 천천히 깜빡이기 시작했을 텐데, 단 한 마리도 그런 신호를 보이는 녀석이 없었다.

'가고일들이었다면 한 방에 다 녹았을 텐데……'

속으로 투덜거리기는 했지만, 이안의 몸은 분주히 움직이고 있었다.

우우웅-.

이안의 지팡이를 타고 파란 마력의 구체가 발사되어 클롭시스들을 타격했다.

펑-!

-마력의 구체를 명중시켜 '클롭시스의 영혼'에게 2,770의 피해를 입혔습니다.

-적을 성공적으로 명중시켜 5의 정령 마력을 다시 회복합니다.

지팡이의 옵션으로 사용할 수 있는 마력의 구체는, 명중 시 소모 정령 마력을 되돌려 받기 때문에 적을 맞히기만 한다면 소모값에 제한이 없는 것이나 마찬가지였다.

소환 마력에 비례하는 일반 공격이라 부를 만한 능력이자, 이안의 전투 기여도가 비약적으로 상승할 수 있게 만들어 준 능력이었다.

하지만 시스템 메시지에 떠오르는 피해량 수치를 보며 이안은 얼굴을 살짝 찌푸렸다.

'으, 대미지 진짜 안 박히네.'

방어력이 약한 고지대의 몬스터들에게 사용할 때에는 거의 5천에 가까운 피해를 입혔던 마력의 구체였는데, 거의 절반 수준으로 피해량이 하락한 것이었다.

"전류 증식-!"

이안의 지팡이에서 뻗어 나간 전류 증식이 정확히 콩 벌레들의 중심을 파고들어 전류를 흩뿌리고 지나갔다.

어비스 홀과 전류 증식의 연계, 그리고 레이크의 광역 패시브인 용암의 지배자 효과가 연속해서 터지자, 아무리 방어력이 높은 클롭시스들이라 하더라도 하나둘 이름이 깜빡이기 시작했다.

그리고 전류 증식이 다시 발동됨과 동시에 쨱이에게로 노란 전류의 조각들이 빨려 들어갔다.

쨱이의 정령력이 1포인트 모였다는 신호였다.

'오, 며칠 내로 쨱이도 진화시킬 수 있겠는데.'

슬쩍 쨱이의 정령력을 확인한 이안이 기분 좋은 미소를 지었다. 어느새 쨱이의 정령력이 993이 되어, 진화까지 단 7포인트만을 남겨 놓은 것이다.

힘이 난 이안의 손발이 더욱 빠르게 움직이기 시작했다.

"헤르스 님, 15초만 벌어 줘요!"

우우웅-!

피올란은 그녀가 익히고 있는 스킬 중 최상위 등급의 빙계 마법인 '프로즌 헬'을 캐스팅하기 시작했다.

그러자 그녀의 지팡이를 중심으로 새파란 한기가 커다란 포물선을 그리며 빨려 들어가기 시작했다.

그리고 그녀를 향해 다가오는 던전의 보스 몬스터 '포를란의 거인'을 헤르스가 막아섰다.

콰아앙-!

굉음과 함께 거인의 몽둥이가 헤르스의 방패를 강타했다.

그리고 제대로 기드에 성공했음에도 헤르스의 몸이 1미터나 뒤로 밀려 나갔다.

겉으로 보기에도 굉장한 파괴력이었다.

생명력 게이지를 확인한 헤르스의 안색이 살짝 어두워졌다.

"으, 조금 무리일 수도 있겠는데요."

그는 자신의 깜빡이는 생명력을 보며 이를 악물었다.

이대로 단 한 번만 공격을 더 허용하면 생명력이 바닥날 것이었다.

피올란이 다급한 목소리로 외쳤다.

"이제 딱 7초만요. 이번 공격만 제대로 터지면 잡을 수 있을 것 같아요!”

헤르스는 잠시 갈등했다.

‘지금 여기서 공격을 피하면 피올란 님 마법이 캔슬될 거고, 그럼 어차피 클리어는 물 건너간 거니까…….’

제한 시간이 문제였다.

일반적인 상황이었다면 한 템포 뒤로 물러서는 것이 맞겠지만, 이제 제한 시간이 1분도 채 남지 않았기 때문에 이번 기회를 놓치면 어차피 던전 클리어는 실패였다.

‘버텨 보자. 까짓 거 죽으면 24시간 쉬는 거지, 뭐.’

그리고 그 순간 다시 한 번 거인의 몽둥이가 헤르스를 향해 쇄도했다.

쐐애액-!

듣기만 해도 무시무시한 파공성을 동반한 일격이 터졌다.

헤르스는 침착하게 날아드는 경로를 확인하고 방패를 가져다 대었다.

카일란에 대해 잘 모르는 유저들이 ‘기사’ 클래스는 컨트롤이 별로 필요 없다는 이야기를 많이 하는데, 그것은 사실이 아니었다.

적의 공격이 쇄도하는 각도, 그리고 파괴력 등을 감각적으로 계산해서 피해를 최소화시키는 것은 엄청나게 세밀한 컨트롤을 요구하는 고도의 기술이었다.

그리고 그 컨트롤 수준에 따라 같은 공격이라도 피해량이

천차만별로 달라질 정도였다.

그렇기에 헤르스는 지금 이 순간 그 어느 때보다 온 정신을 집중하고 있었다.

콰아앙—!

또 한 번 커다란 굉음과 함께 헤르스의 신형이 밀려 나갔다.

그리고 곧 헤르스의 얼굴이 밝아졌다.

'살았다!'

겨우 1,500의 생명력을 남겨 놓은 채 살아남았지만, 어차피 남아 있는 생명력은 이제 상관없었다.

헤르스는 몸을 날려 거인의 공격 사정권에서 벗어난 뒤 피올란을 향해 시선을 돌렸다. 예상대로 피올란의 지팡이에서는 커다란 냉기의 소용돌이가 분출되기 시작하고 있었다.

헤르스가 거인의 공격을 막아 내는 동안 마법의 캐스팅이 완료된 것이었다.

그리고 그녀의 마법 공격이 전방으로 뻗어 나갔다.

콰콰쾅—!

"오케이!"

뻗어 나간 냉기의 광선이 정확히 거인의 몸뚱이에 틀어 박혔다.

거인은 주춤했고 그 틈에 피올란은 재빠르게 캐스팅 시간이 짧은 하급 공격 마법들을 연속으로 쏘아 날렸다.

퍼엉—!

피올란은 숨을 죽였다.

자신의 모든 마력을 전부 쏟아부은 혼신의 공격이었다.

이번 공격으로 놈이 죽는다면, 드디어 던전 클리어에 성공하는 것이었다.

그리고 두 사람의 간절함이 통했는지, 보스 몬스터 ‘포를란의 거인’의 신형이 서서히 쓰러지기 시작했다.

놈의 생명력을 전부 깎아 내리는 데 성공한 것이다.

쿠쿠쿠쿵-.

거대한 몬스터가 무너져 내리며 던전 전체가 크게 진동했다.

그리고 그 앞에서 헤르스와 피올란이 거칠게 숨을 몰아쉬고 있었다.

“휴, 드디어 깼네요, 피올란 님.”

“그러게요. 제한 시간 얼마나 남긴 거죠?”

“글쎄요. 결과 창 뜨면 알 수 있지 않을까요?”

그리고 곧 두 사람의 눈앞에 던전 클리어를 알리는 결과 창이 떠올랐다.

띠링-.

포를란 영웅의 무덤

제한 시간 : 00 : 50 : 00	클리어 시간 : 00 : 49 : 43
클리어 등급 : D	획득 경험치 : 3,356,000

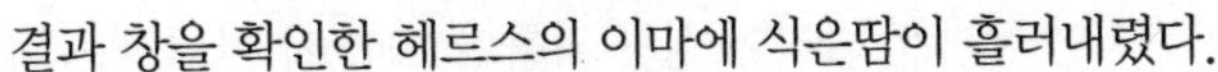

결과 창을 확인한 헤르스의 이마에 식은땀이 흘러내렸다.

"와…… 20초 남기고 깬 거네요."

피올란이 피식 웃으며 그의 말을 정정해 주었다.

"정확히 17초 남았어요."

헤르스는 피식 웃었다.

"크, 그래도 다섯 번 시도 만에 깼으니 우린 양호한 편이에요."

"그러게요. 바깥에 보니까 벌써 열 번째 실패하고 나오는 파티도 있더라고요."

잔잔히 던전 클리이 결과창을 읽어 내려가던 피올란이 조금 놀란 표정이 되어 다시 입을 열었다.

"어, 그런데 이거 경험치가 생각보다 쏠쏠한데요."

마침 경험치 부분을 확인하던 헤르스도 예상보다 높은 경험치양에 놀라는 중이었다.

"그러게요. 저도 지금 그 생각 하고 있었어요. 50분 정도 투자해서 300만 경험치면 사냥이랑 효율이 비슷하네요."

피올란은 고개를 끄덕였다.

"맞아요. 우리가 클리어 등급이 최하 등급인 걸 생각해 보면, 조금 더 익숙해져서 상위 등급으로 클리어하면 사냥보다 오히려 효율이 좋을 수도 있겠어요.”

“조각 모아서 세트 아이템 만들면 분명 영웅 등급 이상인 괜찮은 아이템도 얻을 수 있을 테고요.”

하지만 문제는 클리어 성공 확률이 100%가 아니라는 점이었다.

타임 어택 던전에서 나오는 몬스터들은 사냥해 봐야 경험치고 아이템이고 하나도 들어오지 않는다.

그 말인즉, 클리어하지 못하면 50분을 아무런 보상 없이 고스란히 날린다는 것이었다. 한 번이라도 클리어에 실패하면 사냥 효율이 현저히 떨어지게 된다.

“피올란 님, 일단 저랑 둘이서 완벽히 공략 끝낸 뒤에 다른 길드원들 불러오는 게 좋겠어요.”

“저도 같은 생각이에요. 둘이 완벽히 익숙해진 다음에 한 명씩 데리고 들어가서 따로 공략하면 다른 길드원들이 조금이라도 수월하게 클리어할 수 있겠죠.”

생각을 정한 두 사람은 빠르게 던전을 빠져나갔다.

한번 던전을 클리어하고 나면 10분 뒤 다시 도전할 수 있다. 그때까지 모든 정비를 다 끝내야 했다.

“후우…….”

이안의 입에서 짧은 한숨이 새어 나왔다.

‘아르노빌 고원’ 필드 저지대에 내려온 지도 벌써 일주일이 되어 가고 있었다.

고지대에서 사냥한 닷새까지 합하면 벌써 십이 일째 필드에서 나오지 않고 있는 이안이었다.

최초 발견자 버프가 끝난 지도 벌써 이틀이나 지난 것이었다.

‘이제는 여기서 좀 나가고 싶다고!’

이안은 자신의 눈앞에서 으르렁거리는 커다란 호랑이 형상을 한 몬스터를 보며 이를 갈았다.

‘이게 대체 몇 번째 사냥이냐. 인간적으로 이번엔 좀 나와 줘라!’

이안이 아직도 필드 인에서 나가지 못하는 이유는, 지금도 그와 한참을 격전 중인 영웅 등급 몬스터 ‘할리칸의 영혼’ 때문이었다.

‘7번 조각…… 제발!’

이전 퀘스트에선 4번 조각이 말썽이더니, 이번엔 7번 조각이 이안의 인내심을 시험하고 있었다.

이안의 분노가 담긴 전류 덩어리가 할리칸을 향해 쏘아졌다.

“전류 증식!”

지지직-!

이안은 할리칸을 거의 농락하듯 쉽게 상대하고 있었다.

상대는 강력한 몬스터였지만 벌써 셀 수 없이 전투를 치렀기 때문에 공격 패턴을 전부 다 외워 버린 것이다.

이안은 주변 지형지물과 몬스터들을 이용해 여러 번 재사용 대기 시간을 초기화시켜 가며 전류 증식과 마력 구체를 난사했다.

생명력이 많이 닳았는지, 할리칸의 이름이 빠르게 점멸하고 있었다.

'이제 금방 잡을 수 있겠네.'

그런데 그때, 이안의 눈앞에서 생각지도 못한 일이 일어났다.

콰콰쾅-!

커다란 폭발음과 함께, 이안이 쏘아 낸 전류들이 일제히 터져 나간 것이다.

그리고 시야가 온통 새하얗게 변할 정도로 강렬한 섬광이 눈앞을 가득 메웠다.

"뭐야?"

당황한 이안이 본능적으로 몸을 날려 할리칸과의 거리를 벌렸다.

시야를 잃은 상태에서 공격당하지 않기 위함이었다.

그런데 할리칸의 공격이 이어지기는커녕 예상치 못한 시스템 메시지가 울려 퍼졌다.

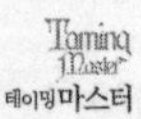

-할리칸의 영혼을 처치했습니다. 128,500의 경험치를 획득했습니다.

이안은 당황했다.

'뭐지? 죽을 때가 되긴 했지만, 이번 공격으로 생명력이 다 사라질 정도는 아니었는데? 그리고 갑자기 번쩍이는 건 또 뭐야?'

이안이 혼란스러워 하고 있을 때, 새하얗게 변했던 시야가 정상으로 돌아오면서, 그의 눈앞에 시스템 메시지가 연속해서 떠올랐다.

-전격의 정령 '쨱이'의 정령력이 전부 채워졌습니다.

-전격의 정령 '쨱이'가 하급 정령에서 중급 정령으로 진화했습니다.

'오, 쨱이가 진화를 했네. 방금 일어난 폭발이 쨱이가 진화하면서 발생한 현상인가?'

진화 과정에서 일어난 폭발이라고 이해한 이안은 그제야 고개를 끄덕였다.

조막만 한 크기의 참새 같은 모습을 가지고 있던 쨱이의 외형도, 제법 멋들어진 맹금류의 모습으로 탈바꿈되었다.

하지만 이안은 진화된 쨱이의 정보를 띄워 보기에 앞서 먼저 눈앞에 쓰러져 있는 할리칸의 사체를 확인해 보고 싶었다.

'쨱이도 진화했겠다, 이제 이놈한테서 7번 조각만 딱 나오면 미련 없이 여길 나갈 수 있을 것 같은데⋯⋯.'

할리칸은 한번 사냥하면 최소 1시간 정도는 기다려야 다시 등장하는 몬스터였다.

영혼석의 조각 드롭율은 체감상 30% 정도였다.

중복되는 조각 없이 한 번에 열 개를 다 모은다고 해도, 30~35회 정도는 할리칸을 사냥해야 했다.

그런데 이안의 아이템 운이 그렇게 좋을 리는 없었고, 수도 없이 나오던 중복된 조각 때문에 벌써 할리칸의 영혼을 50마리 이상 잡은 것이었다.

노가다를 즐기는 이안으로서도 충분히 지겨울 만한 상황이었다.

이안은 두 눈을 질끈 감고 할리칸의 사체 위에 손을 얹었다.

그리고 의미 없는 주문을 외는 것도 잊지 않았다.

"7번 조각!"

그리고 시스템 메시지가 떠올랐다.

-영웅 몬스터 '할리칸의 영혼' 으로부터 13,845골드를 획득합니다.

-'할리칸의 영혼석 조각(9)'을 획득합니다.

-'할리칸의 영혼석 조각(7)'을 획득합니다.

시스템 메시지를 확인한 이안은 자신도 모르게 소리쳤다.

"됐다! 드디어 나왔어!"

한 번에 조각이 2개나 나온 경우는 이번이 처음이었다.

'이번에도 7번 조각 못 먹었으면 아마 울었을지도 몰라.'

이안은 한층 가벼워진 마음으로 바닥에 털썩 주저앉았다.

목적을 달성하고 나니 온몸에 힘이 풀린 것이었다.

'이제 쨱이 정보나 한번 확인해 볼까?'

이안은 진화해서 제법 멋있어진 쨱이를 불렀다.

"쨱아, 이리 와 봐."

째쨱─!

하지만 변함없는 울음소리에 자신도 모르게 실소를 짓고 말았다.

'얜 왜 울음소리는 그대로야?'

그리고 이안은 쨱이의 정보 창을 열었다.

쨱이(전격의 정령)

정령력 : 0/5,000　　　　　　속성 : 전격

등급 : 중급 정령

소환 지속 시간 : 525분 (재소환 대기 시간 : 800분)

*정령력이 Max가 되면 상위 정령으로 진화한다.

(전격 속성을 필요로 하는 소환 마법을 사용할 때마다 일정량의 정령력이 차오른다.)

*소환술사의 소환 마력이 높을수록 정령의 소환 지속 시간이 길어진다.

고유 능력

─충전

*전격 속성의 정령 마법으로 입힌 피해량의 10%를 생명력으로 빼앗아 온다.

'오오…… 중급이 되니까 없던 고유 능력이 생겼네. 게다가 이거 흡혈이나 마찬가지잖아!'

정령인 쨱이는 '생명력'이라는 개념이 없었다. 그렇다면 '빼앗아 와서 회복시킨다는 생명력'은 당연히 캐릭터의 생명력일 것이었다.

'전류 증식이 대미지 딜링용 스킬이 아니라서 공격력이 강한 게 아니라 좀 아쉽네.'

그래도 얼추 계산해 보니 제법 쏠쏠한 회복 능력이라는 생각이 들었다.

'기왕 이렇게 된 거 뮤란에 들를 일이 생기면 소환의 탑에 가서 좀 더 공격적인 전격 계열 정령 마법을 하나 더 구해야겠어.'

새로 생긴 고유 능력을 활용할 생각에 신이 난 이안은 벌떡 일어나 라이를 불렀다.

"라이야, 돌아가자!"

크릉—!

라이를 제외한 다른 소환수들을 전부 소환 해제한 이안은 라이의 등에 올랐다.

한시라도 빨리, 어렵게 모은 할리칸의 영혼석을 복원해 보고 싶었다.

"이게 다…… 뭔가?"

이안이 탁자 위에 쏟아 놓은 영혼석 조각들을 보며, 그리퍼는 어안이 벙벙한 표정이 되었다.

그런 그를 보며 이안은 피식 웃었다.

"뭐, 보시다시피."

그리퍼가 놀란 것은 사실 너무 당연한 것이었다.

애초에 퀘스트 자체가 아무 정령이나 한 정령의 영혼 조각만 전부 모아 오면 되는 것이었다.

그런데 이안이 쏟아 놓은 영혼석 조각들은, 모든 조각이 다 모여 완전체가 만들어져 있는 것만 세어 봐도 50개는 넘어 보였다.

조각 낱개로 세어 보면 수백 개를 가볍게 넘는 어마어마한 수량이었다.

이렇게 많은 영혼석을 모으게 된 이유는 간단했다.

할리칸의 영혼석을 완성하기 위해 노가다를 한 이안이었지만, 한 번 잡고 나면 일정 시간이 지나야 다시 사냥할 수 있는 할리칸의 희소성 때문에 남는 시간 동안 아무 몬스터나 닥치는 대로 사냥을 했던 것이다.

"이, 이렇게나 많이……."

그리퍼는 잠시 말을 잃었다.

하지만 곧 함박웃음을 지으며 말했다.

"이렇게 생각 이상으로 내 부탁을 성실히 들어주다니, 오클리 어르신께서 자네를 내게 보내신 이유가 있었구먼!"

그리고 퀘스트 완료를 알리는 시스템 메시지가 떠올랐다.

-'고대의 몬스터 복원' 퀘스트를 완료하셨습니다.

-클리어 등급 : SSS

-20,457,500의 경험치를 획득합니다.

90레벨 후반대에 접어들면서 기하급수적으로 증가한 필요 경험치의 거의 30%가 단숨에 차오르는 모습을 본 이안은 함박웃음을 지었다.

'크, 고생한 보람이 있어!'

뿌듯해하는 이안을 보며, 그리퍼 또한 흡족한 미소를 지었다.

"따라 들어오시게. 자네가 구해 온 영혼석들을 복원하는 작업을 지금부터 해 보도록 하지."

"좋아요."

이안은 신나서 그리퍼를 따라 들어갔다.

퀘스트 보상란에 쓰여 있었던 고대의 소환수를 얻을 생각을 하니 벌써부터 기대가 되었다.

'할리칸을 얻을 수 있다면 정말 좋을 텐데 말이야.'

마지막에야 손쉽게 상대했던 할리칸이었지만, 그래도 무려 103레벨의 영웅 등급 몬스터였다.

처음 상대했을 때는 몇 번이나 죽기 직전까지 몰렸을 정도로 강력한 상대였다.

'전투 스타일은 라이랑 비슷한 느낌이고, 전투 능력치 비율은 라이와 레이크의 중간 정도 되려나?'

그리퍼는 혼자 김칫국을 열심히 들이켜고 있는 이안을 끌고 자신의 연구실 가장 깊숙한 곳으로 데려갔다.

그곳에는 한눈에 보아도 복잡하고 거대한 마법 장치가 설치되어 있었다.

"자, 이제 시작해 볼까?"

그리퍼는 이안이 가져온 영혼석 조각들을 조합하여 정성스레 영혼석들을 완성시키기 시작했다.

그리고 완성된 영혼석을 하나 집어 들어 마법 장치에 조심스레 올렸다.

영혼석의 정보를 슬쩍 확인한 이안은 속으로 중얼거렸다.

'저건 클롭시스 영혼석이네.'

높은 방어력으로 이안을 귀찮게 했던 고대의 몬스터 클롭시스, 이안은 영혼으로 존재했던 몬스터가 복원되면 과연 어떤 모습일지 기대에 찬 표정으로 그리퍼가 하는 양을 유심히 지켜보았다.

우우웅ㅡ.

그리퍼가 장치를 작동시키자 장치 곳곳에서 파란 빛이 일렁이면서 공명음이 울려 퍼지기 시작했다.

"오오……."

이안은 자신도 모르게 낮은 감탄사를 내뱉었다.

장치의 중앙에 놓여 있던 영혼석이 허공으로 두둥실 떠올랐기 때문이었다.

그리고 마법 장치 곳곳에서 피어 올라오던 빛무리들이 점점 영혼석으로 스며들기 시작했다.

그러자 영혼석 또한 새파란 빛을 내며 꿈틀대었다.

"자, 어떤 녀석이냐."

그리퍼는 기대에 찬 눈빛으로 거대한 몬스터의 형태를 만들어 가는 빛무리를 지켜보았다.

그리고 잠시 후, 새파란 빛의 향연이 잦아들면서 한 마리의 커다란 몬스터 '클롭시스'가 두 사람의 눈앞에 모습을 드러내었다.

"성공! 성공했어!"

감격에 겨워 클롭시스를 쓰다듬는 그리퍼와는 별개로, 이안은 자신의 눈앞에 떠올라 있는 시스템 메시지를 확인하고 있었다.

-고대의 몬스터 '클롭시스'를 복원하는 데 성공했습니다.

-고대의 몬스터(일반 등급)를 복원하는 데 성공하여 명성이 500만큼 증가합니다.

-이제부터 콜로나르 대륙에 '클롭시스' 몬스터가 나타납니다.

'어, 고대의 몬스터 복원에 성공하면 필드에 몬스터가 생겨나는 거였어?'

이안은 묘한 뿌듯함을 느꼈다.

'나로 인해 콜로나르 대륙에 새로운 몬스터가 생기다니…… 이거 기분이 묘한데.'

그리고 그리퍼의 복원 작업은 계속되었다.

-고대의 몬스터 '라카이누'를 복원하는 데 성공했습니다.

-고대의 몬스터 '펠리스'를 복원하는 데 성공했습니다.

-고대의 몬스터…….

같은 종의 몬스터도 꽤 있었지만, 워낙 물량이 많다 보니 총 열다섯 종류나 되는 새로운 몬스터가 콜로나르 대륙에 탄생하게 되었다.

일반 등급부터 유일 등급까지 종류별로 복원 작업이 완료되자 이안의 명성도 무려 5만 정도나 더 상승했다.

'명성 올리는 게 원래 이렇게 쉽진 않았던 것 같은데…….'

무려 50만에 가까워진 자신의 명성을 확인한 이안은 떨떠름한 표정이 되었다.

'명성 시스템은 역시 앞서 나가는 유저들의 특권이었어.'

비상식적으로 명성이 높은 기존 클래스의 순위권 유저들이 이해가 되는 이안이었다.

그리고 곧, 마지막 복원 작업이 시작되자 이안의 시선은 다시 마법 장치 위에 있는 영혼석으로 고정되었다.

'할리칸……!'

어찌 잊을 수 있겠는가.

할리칸 영혼석의 7번 조각을 구하는 데만 사나흘을 소모했다.

조각 생김새만 봐도 몇 번 조각인지 알아챌 수 있을 정도로 지겹게 들고 다니던 영혼 조각들…….

우우웅─.

그리고 이안과 그리퍼의 기대 속에 복원된 할리칸이 서서히 그 위용을 드러내었다.

─고대의 몬스터 '할리칸'을 복원하는 데 성공했습니다.

─고대의 몬스터(영웅 등급)를 복원하는 데 성공하여 명성이 30,000만큼 증가합니다.

─이제부터 콜로나르 대륙에 '할리칸' 몬스터가 나타납니다.

유령 몬스터로 존재할 때도 제법 멋들어진 대호의 모습을 하고 있던 할리칸이었지만, 이렇게 복원되고 나니 더욱 위압감이 흘러넘쳤다.

'캬, 심지어 백호였어!'

할리칸의 모습을 한마디로 설명하면, 집채만 한 몸집에 순백색의 털, 그리고 붉은 줄무늬를 가진 백호였다.

"오오…… 할리칸이라니. 이런 전설 속의 영물을 보게 될 줄이야!"

그리퍼는 황홀한 표정이 되었고, 그것은 이안도 마찬가지였다.

'갖고 싶다……!'

그리고 그런 이안의 혼잣말을 듣기라도 한 것인지, 그리퍼가 이안을 향해 시선을 돌리며 입을 떼었다.

"정말 수고했네, 이안. 덕분에 이 늙은이가 지금까지 책 속에서나 보았던 고대의 몬스터들을 이렇게 만나 볼 수 있게 되었어.”

이안은 조금이라도 나은 보상을 받기 위해 마음에도 없는 공치사를 해 주었다.

“아닙니다, 그리퍼 님. 덕분에 저도 특별한 경험을 할 수 있어서 좋았습니다.”

그리고 그리퍼가 손을 뻗자, 할리칸이 그의 손으로 빨려 들어가며 새하얀 봉인석으로 변하였다.

이안의 눈이 살짝 커졌다.

‘NPC라서 그런가? 저런 것도 할 수 있다니…….’

그리퍼의 말이 이어졌다.

“내 지금까지 자네처럼 뛰어난 소환술사는 처음 보았네. 그래서 말인데 이 아이를 자네에게 맡기고 싶어. 혹시 맡아 줄 수 있겠는가?”

그야말로 이안이 듣고 싶었던 말이었다.

이안은 그의 말이 끝나자마자 재빨리 고개를 끄덕였다.

“예, 그리퍼 님!”

그리퍼는 웃으며 이안에게 할리칸이 봉인된 봉인석을 건네었다.

“자, 받으시게.”

－할리칸의 봉인석을 획득합니다.

봉인석을 받은 이안은 싱글벙글한 표정이 되어 곧바로 할리칸의 정보를 열어 보았다.

할리칸

레벨 : 1	분류 : 고대의 신수
등급 : 영웅	성격 : 난폭함
−진화 불가	
공격력 : 20	방어력 : 10
민첩성 : 16	지능 : 5
생명력 : 376/376	마력 : 125/125

고유 능력

−'후려치기' 기본 공격 시 10%의 확률로 1초간 적을 기절시킨다.

−바람의 수호자 2분 동안 모든 공격력, 방어력, 지능 능력치를 합한 만큼의 능력치가 민첩성에 추가됩니다.

(재사용 대기 시간 20분)

−백호의 분노

'후려치기' 능력이 발동되어 적이 기절하면, 모든 상태 이상 효과가 해제되며 10초 동안 움직임이 50%만큼 빨라집니다.

고대의 아르노빌 제국 신화에 등장하는 신수이다. 바람의 기운을 타고나 날렵하고 용맹한 성품을 가지고 있다.

새하얀 바탕에 붉은 줄무늬를 가지고 있어, 마치 피가 흘러내리는 것 같다 하여 '블러드 타이거'라고 불리기도 한다.

'어, 레벨이 1이네?'

일단 이안의 눈에 가장 먼저 들어온 것은 레벨이었다.

하지만 이안은 레벨이 낮다 하여 실망한 것이 아니었다.

오히려 눈을 반짝이고 있었다.

'드디어 내가 생각해 왔던 육성 방식대로 한번 키워 볼 수 있는 건가?'

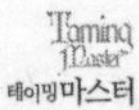

이안이 생각해 온 가장 이상적인 육성 방식은 모든 레벨 업을 항상 잠재력이 100까지 채워진 상태에서 시키는 것이었다.

잠재력이 높을수록 레벨 업 시 능력치 상승폭이 크다는 사실은 오래전부터 알고 있었으니까.

처음 얻을 때부터 높은 레벨인 몬스터는 그것이 불가능하겠지만, 1레벨인 할리칸이라면 충분히 가능한 육성 방식이었다.

'잠재력 100이 꽉 채워질 때까지 훈련 스킬만 쓰면서 레벨은 1레벨로 유지시키는 거야.'

이안은 할리칸의 기본 잠재력을 확인해 보았다.

'오호, 70이나 되네, 이미.'

잠재력 30 정도는 한 일주일만 훈련 스킬을 돌리면 채워질 수치였다.

이안은 내친김에 '고급 훈련' 스킬을 사용하기 위해 할리칸을 소환했다.

"할리칸, 소환!"

-'할리칸'을 처음 소환하셨습니다. 이름을 지을 수 있습니다.

'아, 맞다. 이름 또 지어야 하네.'

어김없이 찾아온 고통스러운 작명의 시간.

이안은 잠시의 고민 끝에 부르기 쉬운 '할리'라는 이름을 지어 주었다.

"할리, 네 이름은 할리로 할게."

크르릉-.

　조금 의외(?)이긴 했지만, 다행히도 할리는 자신의 이름을 마음에 들어 했다.

　-할리가 자신의 이름을 마음에 들어 합니다.

　-할리와의 친밀도가 상승했습니다. 할리의 충성도가 5만큼 올라갑니다.

　할리에게 고급 훈련 스킬까지 사용하고 난 이안은 다시 할리의 나머지 정보를 읽어 내려갔다.

　'능력치가 얼마나 강하게 성장할지는 키워 봐야 알 수 있는 부분이고.'

　세 개나 보유하고 있는 고유 능력들이 하나같이 마음에 쏙 들었다.

　'1초밖에 안 되지만, 이제 나한테도 스턴Stun 기술이 하나 생겼네.'

　절묘한 타이밍에 발동하는 스턴기는 전투의 흐름에 큰 영향을 끼칠 수 있었다.

　특히 상대의 스킬이 발동되는 타이밍에 적절하게 터져 주면, 스킬 캔슬도 시킬 수 있는 것이다.

　스킬을 못 쓰게 저지하는 것과 캔슬은 또 다른 의미였다.

　카일란에서 스킬은 캔슬이 되더라도 이미 모션을 취하는 순간, 발동한 것으로 간주한다. 즉 재사용 대기 시간은 적용된다는 이야기였다. 재사용 대기 시간이 긴 스킬일수록, 스턴기로 인한 스킬 캔슬은 치명적일 것이었다.

'좋아, 한번 제대로 키워 봐야겠어.'

이안은 만족스러운 미소를 지었다.

영웅 등급의 고대 몬스터를 얻을 수 있을 것이라는 것은 할리칸의 영혼석 조각을 모을 때부터 어느 정도 예상했던 부분이었다.

하지만 1레벨의 영웅 등급 몬스터를 얻을 수 있을 것이라고는 생각지도 못했다.

'사냥터에서 꺼내 놨다가 실수로 레벨 업하지 않게, 일주일 동안 잠재력만 올리면서 관리 잘해 봐야지.'

당장 전투에 써먹지 못하고 낮은 레벨부터 키워야 한다는 수고로움이 있기는 하지만, 이안의 예상처럼만 성장해 준다면 충분히 감내할 만한 부분이었다.

'레이크랑 할리 둘만 소환시켜 놓고 80레벨대 몬스터 쓸고 다니면 금방 70레벨 정도까지는 끌어 올릴 수 있을 테니까 뭐…….'

그리고 할리의 정보창을 보며 기대에 부풀어 있는 이안을 향해 그리퍼가 다가왔다.

"허허, 역시 자네도 소환술사여서 그런지 훌륭한 소환수를 얻은 것이 무척이나 기쁜가 보군."

"그렇습니다. 신수라는 이름에 걸맞은 멋진 녀석인 것 같아요."

이안은 할리를 쓰다듬으며 대답했다. 그런 그를 보며 그리퍼는 잠시 이안이 잊고 있던 사실을 상기시켜 주었다.

"그럼, 이제 우리의 원래 목적이었던 신룡의 영혼석을 한 번 꺼내 보겠는가?"

to be continued

상남자 나가신다

박동신 현대 판타지 장편소설

『몽왕괴표』『불량학사』의 박동신!
이제까지 듣도 보도 못한 괴짜를 내놓다!

마계에서 온 초인, 상남자 오르신
지상에서 잘 살기 위해 마기와 돈을 모으다!

나쁜 말을 해도 맞는다!
나쁜 행동을 해도 맞는다!
음란마귀는…… 스킨십(?)으로 계도한다!

악인이 가진 악기를 흡수하기 위해
폭력과 애무 스킬로 고흥 시내를 초토화시킨 오르신!
나름 모두를 착한 사람(?)으로 만든 그는
시선을 돌려 대도시, 광주로 향하는데……

웃음, 액션 그리고 의도치 않은 감동까지
그 녀석에게 이상하게 끌린다!

200평 초대형 24시 만화방

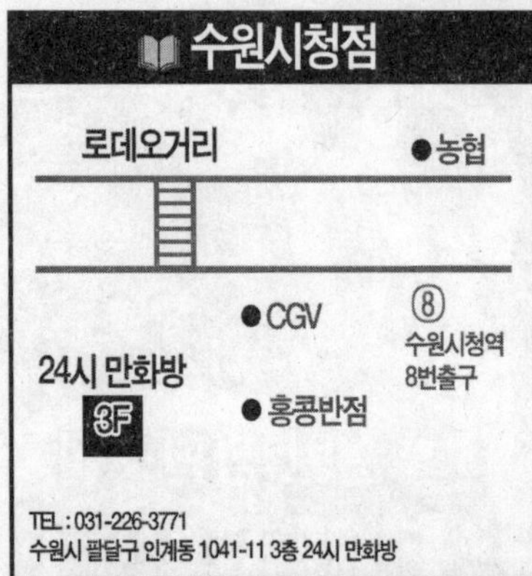

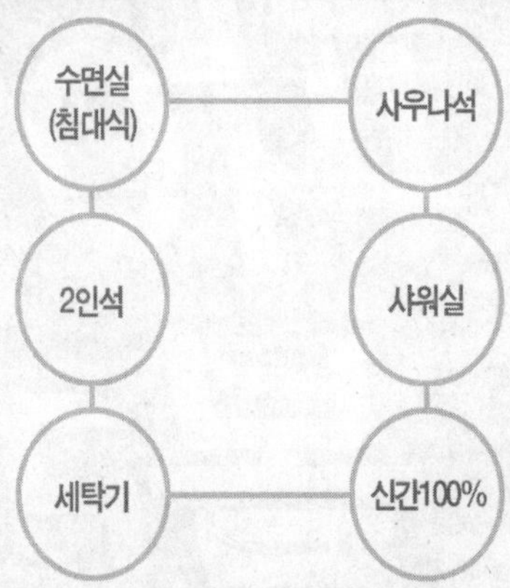

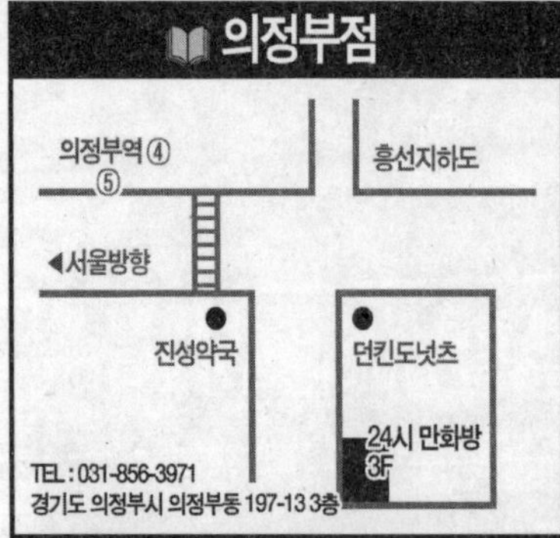

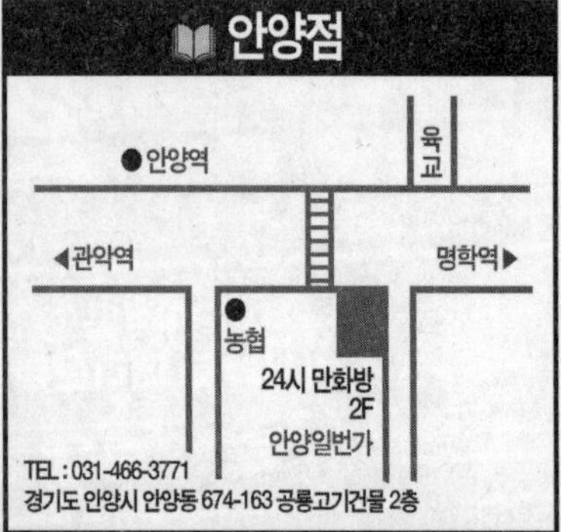

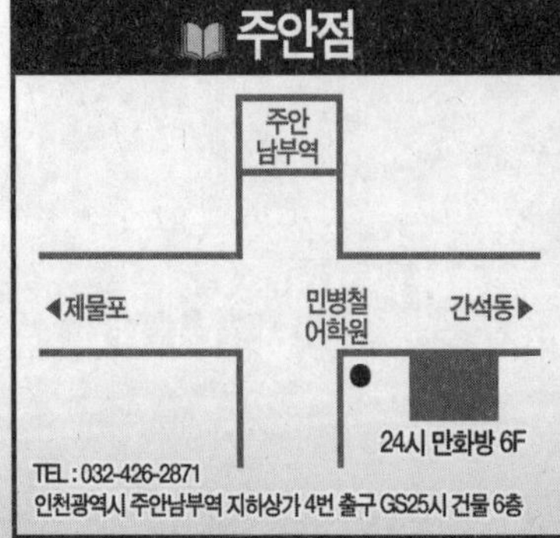

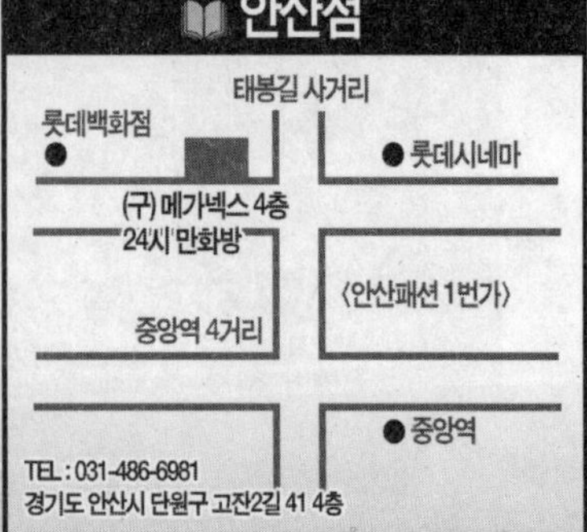

환생무신

김신 신무협 장편소설

카카오 페이지 무협 1위!
폭발적인 댓글과 추천, 30만 독자의 선택!

천하를 통일한 북천대장군이자
황제의 의형, 무신武神 선화윤

팔다리가 찢겨 죽었다
믿었던 의동생과 동료들의 손에
황제 위에 자리한다는 이유로

15년 뒤, 다시 눈을 떴다
인신 공양에 바쳐진 태양신궁의 사공자 화윤으로
심장에는 정체불명의 태양까지 품은 채!

"동생아, 네가 죽인 형님이 돌아왔다!"

거짓과 위선으로 가득한 세상
환생한 무신의 징벌이 시작된다!